Spannungsreich verbindet Nikolai Leskow (1831-1895) in seinem *Versiegelten Engel* die natürliche Religiosität des russischen Volkes mit den Traditionen der Ikonenkunst, die erst seit der Mitte des 19. Jahrhunderts als ursprünglicher Glaubenssatz der russisch-orthodoxen Kirche wiedererkannt worden waren.

Die Kirchenreformen des 17. Jahrhunderts förderten eine Säkularisierung auch der Ikonenkunst. Die italienischen religiösen Tafelbilder mit ihrer naturalistischen Perspektivik und individualisierenden Maltechnik verdrängten die russisch-orthodoxe Ikonenkunst zur Volkskunst. Vergebens kämpfte der Protopope Awwakum wider diese Reformen und bekämpfte in deftig barocker Sprache die stilistischen und ideellen Abweichungen in der Ikonenmalerei. Wegen seiner »gewaltigen Schmähungen gegen das Zarenhaus« endete er 1682 auf dem Scheiterhaufen.

Auch für Leskow war die Geringschätzung der traditionsreichen Ikonenmalerei Ausdruck für die Verweltlichung der orthodoxen Staatskirche, die sich vom religiösen Leben des russischen Volkes abgesondert hatte.

Farbige Abbildungen sollen die Entwicklung der Ikonenmalerei veranschaulichen und die ausgewählten Texte begleiten.

insel taschenbuch 1132
Der versiegelte Engel

Der versiegelte Engel

Erzählungen zu Ikonen
Mit farbigen Abbildungen
Herausgegeben und mit einem
Nachwort versehen von
Angela Martini-Wonde
Insel Verlag

insel taschenbuch 1132
Erste Auflage 1988

Hinweise zu dieser Ausgabe am Schluß des Bandes
Vertrieb durch den Suhrkamp Taschenbuch Verlag
Umschlag nach Entwürfen von Willy Fleckhaus
Satz: LibroSatz, Kriftel
Druck: Nomos Verlagsgesellschaft, Baden-Baden
Printed in Germany

2 3 4 5 6 – 93 92 91 90

Der versiegelte Engel

Erzählungen zu Ikonen

Legende zur: Nicht von Menschenhand gemachten Christusikone

Es sandte Abgar, der Zar, den Schnellschreiber Lukas, der auch sehr fähig war, Bilder zu malen, und er befahl ihm, rasch nach Jerusalem zu gehen, Jesus zu erblicken und ein Bild seines Antlitzes auf ein Tuch zu malen. Und da er eilends nach Jerusalem gekommen war, begegnete ihm Jesus in den Toren der Stadt in Gestalt eines Menschen und sprach zu ihm: »O Mensch, was gehst du so rasch?« Er aber sprach: »Ich bin von Abgar, dem Fürsten, gesandt, zu sehen Jesus den Nazaraeer und zu malen das Bild seines Antlitzes auf dem Tuch.« Und es sprach zu ihm Jesus: »Gehe hin, am Morgen wirst du ihn finden in der Synagoge.« Sofort aber sah Lukas Jesum die Völker in der Kirche lehren, und da er vor die Tore der Kirche gekommen war, malte er das Bild des Antlitzes Jesu, und da er es nicht erfassen konnte, wie er das Bild Jesu malen sollte, erblickte ihn Jesus, rief ihn an sprechend aus der Synagoge, und er sprach zu ihm: »Lukas, du des Abgar, tritt ein und gib das Tuch, welches du trägst von Abgar.« Und er trat ein und gab es ihm. Jesus aber nahm das Tuch und legte es auf sein Antlitz, und es bildete sich ab das Bild seines Antlitzes auf dem Tuch, also daß sich alle wunderten, die in der Synagoge saßen. Und er gab es dem Apostel Thaddaeus; der Apostel aber ging in die Stadt Edessa mit Lukas, wo selbst der Fürst Abgar auf dem Lager lag sechs Jahre. Da aber Thaddaeus und Lukas gingen und das Bild trugen, erreichten sie die Stadt, genannt Hierapolos, und sie fürchteten sich und gingen nicht in die Stadt, und sie legten sich außerhalb der Stadt hin und versteckten das Bild des Herrn zwischen zwei Keramidia. Und es zeigte sich eine Feuersäule vom Himmel, woselbst verborgen lag das Bild des Herrn. Da aber die Stadtwächter solches

Wunder erblickt hatten, schrien sie mit lauter Stimme. Thaddaeus aber nahm zu der Stunde das Bild des Herrn und ging seinen Weg.

Es gingen aber die Völker der Stadt heraus zu der Stelle, wo die Feuersäule stand, und sich fürchtend fielen sie zu Boden, und da sie sahen, daß das Bild des Herrn sich abgebildet hatte auf einem der Steine, so nahmen sie den Stein mit dem Bilde des Herrn und brachten ihn in die Stadt. Da sie ihn aber zu den Stadttoren trugen, begegneten ihnen plötzlich Blinde und Lahme und Aussätzige, rufend mit lauter Stimme: »Jesus Nazaraeus, erbarme dich unser!«, und sie berührten das Herrenbild und wurden gesund. Da aber die Völker der Stadt solche Wunder sahen, priesen sie Gott.

Da aber Thaddaeus rasch ging mit dem kaiserlichen Gesandten und sie an Edessa bis auf eine Werst herangekommen waren, fanden sie einen Lahmen, kriechend an der Stelle. Und da der Lahme sah den Apostel des Herrn, tragend das Bild des Herrn, schrie er zu ihnen: »Apostel des Herrn, erbarme dich meiner!« Und es berührte der Apostel ihn mit dem Herrenbild. Plötzlich ging der Lahme und lief in die Stadt zu seiner Mutter, und da er gesehen wurde von allen Bürgern, verwunderten sie sich über das Geschehene und sprachen: »Ist es nicht der Sohn jener Witwe, der kroch auf den Knieen?« Und die einen sprachen: »Er ist es.« Die anderen sprachen: »Er ist ihm ähnlich.« (Joh. 9,9) Und sie meldeten von ihm dem Fürsten Abgar, und der Fürst nahm den Knaben und sprach zu ihm: »Wie bist du gesund geworden?« Der Knabe aber sprach zu ihm: »Da ich saß eine Werst vor der Stadt bettelnd, berührte mich jemand mit einem Bilde auf einem Tuch, und ich stand gesund auf, wie du mich siehst.« Abgar aber meinend, daß es der Herr ist, sandte rasch seine Knechte entgegen, und sie kamen und begegneten dem Apostel, das Bild des Herrn tragend. Und da er zu

Abgar, dem Fürsten, herangekommen war, *wo dieser lag sechs Jahre geschwächt,* legte der Apostel das Tuch auf ihn mit dem Bilde des Herrn; sofort stand der Fürst auf gesund und wandelte. Und es sprach der Fürst zu Thaddaeus, dem Apostel: »Was geziemt mir zu tun?« und es sprach zu ihm Thaddaeus, der Apostel: »Laß dich taufen«, und er gab ihm ein Gebet und seinem Weibe und taufte ihn und befestigte sie.

Abgar aber küßte das Bild und sandte zu Jesus mit der Bitte: »Es ist gehört worden von dir, Herr, und von deinen Heilungen, welche durch dich geschahen, wie du ohne Zauber und ohne Zaubertrank Heilung gibst allein durch das Wort, den Lahmen zu gehen, den Tauben zu hören, die Aussätzigen reinigst, die unreinen Geister durch das Wort vertreibst und die lange von Krankheiten Gequälten heilst; die Blutflüssige, welche deine Gewänder berührte, hast du geheilt, und die Toten hast du auferweckt; mich aber, der 6 Jahre auf dem Lager lag geschwächt, hast du durch das Bild deines Antlitzes aufrecht gestellt. Nachdem ich dieses alles von dir gehört, Herr, und gedacht in meinem Herzen, daß du bist aus zweien einer, daß du bist der einzige Gott herabgekommen vom Himmel, oder der Sohn Gottes, also handelnd: deswegen bitte ich dich, *Herr*, und ermahne dich, zu mir zu kommen weigere dich nicht. Es ist auch nicht genügend, mich zu heilen, da ich auch das gehört habe, daß die Juden gegen dich murren und dich töten wollen. Es ist aber bei mir eine kleine Stadt Edessa, rein dich mit Sanftmut aufzunehmen, und die wird genügen für uns beide, Herr, der du befohlen hast, mich zu heilen.« An demselben Tage: die Antwort unseres Herrn Jesu Christi, gesandt mit Ananias, dem Schnelläufer, zu Abgar, dem Fürsten in der Stadt Edessa, »Gesegnet seist du, Abgar, und deine Stadt Edessa. Gesegnet ist auch der, der geglaubt hat, ohne mich zu sehen. *Gesundheit aber hat sich dir bereitet.* Aber von dem, was du geschrieben

Der nicht von Menschenhand gemalte Erlöser
12. Jahrhundert, Nowgorod

hast, daß ich zu dir kommen soll, so wisse, daß ich gesandt bin, zu erfüllen alles und nach meiner Sendung mich zu erheben in den Himmel zu dem Vater, der mich gesandt hat. Ich habe aber gesandt einen von meinen Schülern mit Namen Thaddaeus, den Apostel, damit er das Leiden, welches du hast, heile und das Leben mir und allen, die mit dir sind, deine Stadt zufriedenzustellen, so daß der Feind sie nicht ansehen kann bis zum Ende der Welt. Du bist dessen würdig zu wissen, von wem ich dir gesandt bin, von dem Vater, der mich gesandt hat, damit ich die verbrecherische Vertreibung Adams, der im Paradies war, zunichte mache, mich selbst demütigend, damit ich ihn erlöse von der Sünde; damit ich erwürgt werde, um zu befreien; damit ich mit Essig und Galle getränkt werde, um zu trinken den Kelch der Unsterblichkeit; damit ich den Dornenkranz trage, um zu lösen vom Bann, ans Kreuz gehe, um in den Himmel zu steigen.«

Dieses Schreiben, wo jemand sein wird, sei es auf der Reise, sei es im Kriege, sei es auf dem Meere, sei es im Rechtsstreit, oder in einem Unfall, oder vom Feuer gebrannt, oder am Fieber leidend, oder Schaum schärfend, oder eine unheilbare Leidenschaft habend oder etwas dem ähnliches, so seien sie davon befreit *in Christo Jesu*. Wer aber tragen wird dies Schreiben an sich, der wird rein sein und sich frei halten von jedem ränkevollen Werk und zu guter Heilung und zur Freude. Wir berichten aber, es ist geschrieben mit der Hand unseres Herrn Jesu Christi, des gnädigen und barmherzigen menschenliebenden Gottes, zu kommen über den Leidenden mit Gottesfurcht. Wer da lesen wird dreimal dieses Schreiben über einem Leidenden und danach sagen wird dem Leidenden: »Der Herr, unser Gott, wird dich aufrichten, der aufgerichtet hat den Abgar vom Lager, da er krank war, liegend 6 Jahre. Richte auf deinen Knecht N. N., weil er gläubig deinen heiligen Namen anruft, ihn, der dieses Schreiben trägt, es lesend durch mich, den Sünder N. N., daß es ihm sei zur Reinigung der Seele und des Leibes, damit er dir diene alle Tage seines Lebens in Wahrheit und Recht, der du bist der menschenliebende Christus, unser Gott, lehrend und noch mehr heilend, dich preisen wir mit dem Vater und mit dem Heiligen Geist u.s.w.«

Die Taufe Wladímirs des Heiligen und des Volkes von Kiew

Und als ein Jahr vergangen war, im Jahre 6496 [d. i. 988 n. Chr.], zog Wolodímer mit seinen Kriegern gegen Kórssun, eine griechische Stadt, und die Leute von Kórssun schlossen sich in der Stadt ein. Und Wolodímer schlug sein Lager auf jenseits der Stadt, im Hafen, einen Pfeilschuß von der Stadt entfernt, und sie kämpften kräftig [gegen ihn] aus der Stadt. Wolodímer aber schloß die Stadt ein. Die Leute in der Stadt wurden matt, und Wolodímer sagte zu den Bürgern: »Wenn ihr euch nicht ergebt, so werde ich auch drei Jahre lang hierbleiben.« Die aber hörten nicht darauf. Wolodímer aber stellte seine Krieger auf und befahl, einen Damm aufzuschütten in Richtung auf die Stadt. Während diese aber [den Damm] aufschütteten, gruben die Leute von Kórssun unter der Stadtmauer durch und nahmen die aufgeschüttete Erde weg und trugen sie zu sich in die Stadt und schütteten sie in der Mitte der Stadt auf. Die Krieger aber schütteten noch mehr auf.

Und Wolodímer stand [vor der Stadt], und siehe, ein Mann aus Kórssun schoß einen Pfeil, und er hieß Nastás und hatte auf dem Pfeil also geschrieben: »Die Brunnen, die gen Osten hinter dir sind, von da geht das Wasser durch Röhren. Grabe und fange [das Wasser] ab!« Als Wolodímer dies hörte, schaute er zum Himmel auf und sagte: »Wenn dies eintrifft, dann werde auch ich mich taufen lassen.« Und alsbald befahl er zu graben, um die Röhren abzuschneiden, und sie nahmen das Wasser weg. Die Leute [in der Stadt] ermatteten vor Durst nach Wasser und ergaben sich.

Wolodímer und seine Gefolgschaft zogen ein in die Stadt, und Wolodímer sandte zu den Zaren Basilius und Konstantin und ließ ihnen folgendes sagen: »Siehe, eure berühmte Stadt habe ich eingenommen. Ich höre, daß ihr eine Schwester habt, die Jungfrau ist. Wenn ihr sie mir nicht zur Ehe gebt, so werde ich eurer Stadt tun, wie ich dieser getan habe.« Da die Zaren dies hörten, wurden sie traurig, und sie gaben Nachricht, indem sie also sprachen: »Nicht geziemt es sich für Christen, [ihre Frauen] heidnischen Männern zur Ehe zu geben. Wenn du dich taufen lässest, so empfängst du dieses [die Erfüllung deines Wunsches], und du erlangst das Himmelreich und wirst unser Glaubensgenosse sein. Wenn du dieses nicht tun willst, so können wir dir unsere Schwester nicht zur Frau geben.« Als Wolodímer dieses hörte, sagte er zu denen, die von den Zaren gesandt waren: »Sprecht zu den Zaren also: ›Ich will mich taufen lassen; denn ich habe schon vor diesen Tagen euer Gesetz erforscht, und lieb ist mir euer Glaube und euer Gottesdienst, von dem mir die von uns ausgesandten Männer berichtet haben.‹« Und da dies die Zaren hörten, wurden sie erfreut, und sie baten ihre Schwester mit Namen Anna, und sie sandten zu Wolodímer und ließen ihm sagen: »Laß dich taufen, und dann senden wir unsere Schwester zu dir.« Wolodímer aber sagte: »Die mit eurer Schwester kommen, sollen mich taufen.« Und die Zaren gehorchten und sandten ihre Schwester und einige Würdenträger und Priester. Sie aber wollte nicht hingehen. »Wie in die Gefangenschaft«, sagte sie, »gehe ich. Besser wäre es mir, hier zu sterben.« Und die Brüder sagten zu ihr: »Es könnte sein, daß Gott durch dich das russische Land zur Buße bekehrt; das griechische Land aber befreist du von schlimmem Krieg. Siehst du, wieviel Böses die Russen den Griechen angetan haben? Und nun, wenn du nicht gehst, werden sie uns das gleiche tun.« Und nur mit Mühe bewogen sie sie. Sie aber setzte sich in eine Galeere, nachdem sie ihre Verwandten geküßt hatte, und fuhr übers Meer mit Weinen. Und sie kam nach Kórssun, und die Einwohner von Kórssun kamen heraus [aus der

Stadt] mit Ehrerbietung und führten sie in die Stadt und ließen sie Wohnung nehmen im Palast. Nach Gottes Fügung erkrankte zu dieser Zeit Wolodímer an seinen Augen und konnte nichts mehr sehen; und er trauerte gar sehr und wußte sich keinen Rat, was er tun solle, und es sandte zu ihm die Zarin und ließ ihm sagen: »Wenn du dieser Krankheit ledig werden willst, so lasse dich schnell taufen! Tust du das aber nicht, so wirst du dieses Leidens nicht ledig werden.« Da Wolodímer dieses hörte, sprach er: »Wenn das wahrhaft so geschehen wird, dann ist wahrhaft groß der Gott der Christen.« Und er befahl, daß er getauft würde. Der Bischof aber von Kórssun zusammen mit den Priestern der Zarin taufte Wolodímer, nachdem er ihm Taufunterweisung erteilt hatte. Als er ihm die Hand auflegte, wurde er alsbald sehend. Da Wolodímer dies sah, die schnelle Heilung, rühmte er Gott und sprach: »Jetzt erst habe ich den wahren Gott erkannt.« Da seine Gefolgschaft dies sah, ließen viele sich taufen. Er ließ sich aber taufen in der Kirche des heiligen Basilius, und es steht diese Kirche in der Stadt Kórssun auf dem Platz in der Mitte der Stadt, wo die Leute von Kórssun Handel treiben. Der Palast des Wolodímer aber steht neben der Kirche bis zum heutigen Tage und der Palast der Zarin jenseits des Altarraums. Nach der Taufe aber führte man die Zarin zur Vermählung. Siehe aber, die es nicht recht wissen, sagen: »Er hat sich in Kiew taufen lassen«, und andere haben gesagt: »in Wassiljew«, und wieder andere sagen noch anders.

Als Wolodímer aber getauft war, übergab man ihm den christlichen Glauben, in dem man also sprach: »Nicht mögen dich verführen irgendwelche von den Häretikern. Aber glaube du, indem du also sprichst: ›Ich glaube an den einen Gott, den Vater, den Allerhalter, den Schöpfer Himmels und der Erden‹ und so weiter dieses Glaubensbekenntnis bis zum Ende. [. . .] Übernimm keine Lehre von den Lateinern, deren Lehre verderbt ist. Denn wenn sie eingetreten sind in eine Kirche, verneigen sie sich nicht vor den Ikonen, sondern stehend verneigt einer sich, und wenn er sich verneigt hat, malt er ein Kreuz auf der Erde und küßt es und stellt sich dann aufrecht und tritt mit seinen Füßen darauf, und also küßt er es liegend, und stehend tritt er darauf. Solches aber haben die Apostel nicht überliefert; denn die Apostel haben überliefert, ein aufgestelltes Kreuz zu küssen, und die Ikonen haben sie überliefert. Der Evangelist Lukas nämlich hat zuerst [eine Ikone] gemalt und sie nach Rom gesandt, wie Basilius sagt: ›Die Ikone geht über auf das Urbild.‹ Weiterhin nennen sie die Erde ›Mutter‹. Wenn ihnen aber die Erde Mutter ist, dann ist Vater für sie der Himmel. Denn am Anfang schuf Gott den Himmel und die Erde. So heißt es: ›Vater unser, der du bist im Himmel.‹ Wenn nach deren Verständnis die Erde Mutter ist, warum spuckt ihr dann auf eure Mutter? Einmal liebkost ihr sie, und dann beschmutzt ihr sie. Solches haben die Römer früher nicht getan, sondern auf allen Konzilen haben sie, von Rom und von allen [Patriarchen-]Stühlen zusammenkommend, [das Glaubensbekenntnis] korrigiert: So auf dem ersten Konzil, welches in Nizäa gegen Arius gehalten wurde, sandte Silvester von Rom Bischöfe und Presbyter, von Alexandria Athanasius, von Zargrad [= Konstantinopel] sandte Metrophanes Bischöfe von sich, und so korrigierten sie den Glauben. [. . .] Petrus der Stammler kam mit anderen nach Rom und riß den Thron an sich und verdarb den Glauben, nachdem er sich losgerissen hatte von dem Thron von Jerusalem und Alexandria und Zargrad und Antiochia, und sie brachten ganz Italien in Aufruhr und verbreiteten die Saat ihrer Lehre. Und die einen unter ihren Priestern halten Gottesdienst, nachdem sie *eine* Frau geheiratet haben, andere aber nehmen bis zu sieben Frauen und halten die Messe. Vor ihrer Lehre muß man sich hüten. Und sie verzeihen Sünden für Gaben, welches das Schlimmste ist. Gott möge dich behüten vor diesem.«

Wolodímer nahm alsdann die Zarin und Nastás und Priester von Kórssun mit den Reliquien des heiligen Klemens und des Phöbus, seines Schülers, und er nahm kirchliche Gefäße und Ikonen zum Segen für sich. Und er errichtete eine Kirche in Kórssun auf dem Berg, wo sie inmitten der Stadt [die Erde] aufgeschüttet hatten, als sie die Aufschüttung wegnahmen, und diese Kirche steht bis zum heutigen Tage. Und als er fortzog, nahm er auch zwei eherne Standbilder und vier eherne Pferde, welche noch heute hinter der [Kirche der] heiligen Gottesmutter stehen, von denen solche, die es nicht recht wissen, meinen, sie seien aus Marmor. Und als Morgengabe gab er den Griechen Kórssun zurück um der Zarin willen, er selbst aber kam nach Kiew. Und als er dorthin gekommen war, befahl er, die Götzenbilder zu stürzen: die einen zu zerhauen, die anderen dem Feuer zu übergeben; den Perún aber befahl er einem Pferd an den Schwanz zu binden und vom Berg hinab den Borítschew entlang zum Rutschaj zu schleppen und ordnete zwölf Männer ab, ihn mit einem Stock zu schlagen, nicht, als ob das Holz etwas fühlen könnte, sondern zur Schmähung des Teufels, der durch dieses Bild die Menschen verführte, auf daß er Vergeltung empfange von den Menschen. Groß bist du, Herr; wunderbar sind deine Werke; gestern geehrt von den Menschen und heute beschimpft. Als er aber auf dem Rutschaj zum Dnepr geschleppt wurde, weinten über ihn die ungläubigen Menschen; denn sie hatten die heilige Taufe noch nicht empfangen. Und nachdem sie ihn bis zum Dnepr geschleppt hatten, warfen sie ihn hinein. Und Wolodímer gab Befehl und sprach: »Wenn er euch irgendwo an Land kommt, dann stoßt ihn fort vom Ufer, bis er über die Stromschnellen hinaus ist; alsdann laßt ihn!« Die aber führten aus, was befohlen war. Und als sie

Boris und Gleb
Ende des 13. Jahrhunderts,
Moskauer Schule

ihn verlassen hatten und er durch die Stromschnellen hindurch war, warf der Wind ihn auf eine Sandbank, und die hieß von da an »Sandbank des Perún«, wie sie auch bis heute heißt.

Danach sandte Wolodímer durch die ganze Stadt und ließ sagen: »Wenn sich morgen einer nicht einfindet am Flusse, er sei reich oder arm oder besitzlos oder Knecht, der soll mir zuwider sein.« Da die Leute dies hörten, gingen sie hin mit Freuden und sprachen: »Wenn dies nicht gut wäre, so hätten der Fürst und die Bojaren das nicht angenommen.« Am anderen Morgen aber ging Wolodímer hinaus an den Dnepr mit den Priestern der Zarin und mit denen aus Kórssun, und das Volk kam zusammen ohne Zahl, und sie stiegen hinein ins Wasser und standen, die einen bis zum Halse, die anderen bis zur Brust, die Jungen aber [standen näher] am Ufer, andere [standen], indem sie Kinder hielten; die Erwachsenen aber wateten [tiefer in den Fluß hinein]. Die Priester aber verrichteten stehend die Gebete. Und es war, dies zu sehen, eine große Freude im Himmel und auf Erden: so viel gerettete Seelen! Der Teufel aber sprach stöhnend: »O weh mir, daß ich von hier verjagt werde. Hier nämlich meinte ich, eine Wohnstatt zu haben, weil es hier keine apostolischen Lehren gibt und man Gott nicht kennt. Ich aber freute mich ihres Dienstes, mit dem sie mir dienten. Und siehe, schon bin ich besiegt von Unverständigen, nicht aber von Aposteln und von Märtyrern. Schon werde ich nicht mehr herrschen in diesen Landen.«

Da das Volk aber getauft war, gingen sie, ein jeder in sein Haus. Wolodímer aber war froh, daß er Gott erkannt hatte, er selbst und sein Volk, und er schaute auf zum Himmel und sprach: »Christus, Gott, der du Himmel und Erde geschaffen hast, schaue herab auf dieses neue Volk und gib ihnen, o Herr, daß sie dich erkennen, den wahren Gott, wie die christlichen Länder dich erkannt haben, und befestige unter ihnen den rechten und unverfälschten Glauben. Und mir hilf, o Herr, gegen den Feind, den Widersacher, daß ich, auf dich und auf deine Macht vertrauend, seine Ränke besiege.«

Und nachdem er also gesprochen, ließ er Kirchen zimmern und aufrichten an den Orten, wo Götzenbilder standen, und er errichtete eine Kirche auf den Namen des heiligen Basilius auf dem Hügel, wo zuvor die Götzenbilder gestanden hatten: das des Perún und die übrigen, wo der Fürst und das Volk Opfer dargebracht hatten. Und er begann, in den Städten Kirchen zu errichten und Priester einzusetzen und das Volk zur Taufe zu führen in allen Städten und Dörfern. Und er sandte hin und ließ bei den vornehmen Familien Kinder einsammeln und begann, sie zur Lehre des Buchwissens zu geben. Die Mütter dieser Kinder aber weinten um sie, denn sie waren noch nicht fest geworden im Glauben; sondern wie um Tote weinten sie.

Vom Ikonenmaler Alimpij

Der ehrwürdige Alimpij wurde von seinen Eltern in die Lehre der Ikonenmaler gegeben. Als durch Gottes und seiner Allerreinsten Mutter Vorsehung die griechischen Maler aus der Kaiserstadt kamen, um die Kirchen des Höhlenklosters zu bemalen, das heißt: in den Tagen des frommen Fürsten Wsewolod Jaroslawitsch und des ehrwürdigen Abtes Nikon, wie in dem Schreiben Ssimons gesagt ist, da zeigte und erwirkte Gott ein schreckliches Wunder in seiner Kirche. Als die Meister das Mosaik im Altarraum auflegten, verklärte sich das Bild unserer Allerreinsten Herrin, der Mutter Gottes und Jungfrau Maria. Alle waren innerhalb des Altarraums und legten das Mosaik auf, Alimpij aber half ihnen und lernte. Und alle sahen dieses herrliche und furchtbare Wunder: als sie das Bild ansahen, erstrahlte plötzlich das Bild unserer Herrin, der Mutter Gottes und Jungfrau Maria, mehr denn die Sonne, und sie fielen nieder zur Erde, da sie es nicht ansehen konnten. Und als sie sich etwas erhoben hatten, da sie dieses Wunder betrachten wollten, flog aus dem Munde der Allerreinsten Mutter Gottes eine weiße Taube, flog hinauf zur Ikone des Heilands und verschwand dort. Sie alle schauten, ob die Taube aus der Kirche hinausgeflogen sei, und da flog sie wieder aus dem Munde des Heilands und flog in der ganzen Kirche herum. Und sie flog zu einem jeden Heiligenbild und setzte sich bei einem auf die Hand, bei dem andern auf das Haupt, flog dann herunter und setzte sich hinter die wundertätige Ikone der Mutter Gottes.

Die unten standen, wollten die Taube fangen und stellten eine Leiter auf, aber sie fand sich weder hinter der Ikone noch hinter dem Vorhang. Sie sahen überall umher, wußten nicht, wohin die Taube verschwunden war, und sahen auf die Ikone. Und da flog wiederum die Taube aus dem Munde der Mutter Gottes und flog in die Höhe zum Bilde des Heilands. Und man rief den Obenstehenden zu: »Fangt sie!« Sie streckten die Hände aus, um die Taube zu fangen, diese aber flog wieder in den Mund des Heilands, von wo sie vorher erschienen war. Und da wiederum strahlte auf sie Licht, heller denn die Sonne, die Menschenaugen blendend. Und sie fielen auf die Erde und verneigten sich vor dem Herrn. Hier war auch der selige Alimpij, der die Wirkung des Heiligen Geistes sah, der in der heiligen, ehrwürdigen Kirche des Höhlenklosters weilt.

Und als man die Bemalung der Kirche beendet hatte, da wurde der selige Alimpij unter dem Abt Nikon als Mönch eingekleidet. Er hatte die Kunst der Ikonenmalerei gut gelernt und war beim Malen der Heiligenbilder sehr kunstfertig. Und diese Kunst ersehnte er nicht des Erwerbs wegen, sondern um Gottes Willen auszuüben. Er arbeitete für den Abt und alle Brüder so viel, bis sie befriedigt waren. Er malte Ikonen und nahm nichts dafür. Und wenn der Hochwürdige keine Arbeit hatte, so lieh er sich Gold und Silber so viel, wie es für die Herstellung der Ikonen nötig war, arbeitete für die, denen er schuldete, und gab die Ikonen als Bezahlung der Schuld. Und vielfach bat er seine Freunde, wenn sie irgendwo in einer Kirche altgewordene Ikonen sähen, sie zu ihm zu bringen; er erneuerte sie und ließ sie an ihrem Platz wieder anbringen. Alles das tat er, um nicht müßig zu bleiben, da die Heiligen Väter die Handarbeit den Mönchen empfohlen und die Arbeit für ein großes Verdienst vor Gott gehalten hatten, wie der Apostel Paulus sagte: »Mir und den Meinigen dienten meine Hände, und ich habe bei niemandem umsonst Brot gegessen.« So teilte auch dieser selige Alimpij den Gewinn seiner Arbeit in drei Teile: den ersten für die heiligen Ikonen, den zweiten für die Almosen der

Armen, den dritten zur Notdurft seines Leibes. Und so tat er alle Jahre, indem er sich keinen Tag Ruhe gönnte; nachts aber übte er Gebet und Gesang; wenn der Tag anbrach, ging er zur Arbeit; niemand sah ihn je müßig. Von der Kirchenversammlung aber ging er auch der Arbeit wegen nie weg. Der Abt weihte ihn seiner Tugend und seines reinen Lebens wegen zum Priester. Und er verblieb in diesem Priesterrang gut und gottgefällig.

Ein reicher Mann in Kiew litt an Aussatz. Und er wurde viel von Zauberern und Ärzten behandelt und suchte sich Hilfe bei den Menschen andern Glaubens und erhielt sie nicht; vielmehr wurde seine Krankheit nur ärger. Und einer seiner Freunde veranlaßte ihn, in das Höhlenkloster zu gehen und einige Väter zu bitten, daß sie für ihn beten sollten. Und als er ins Kloster gebracht wurde, befahl der Abt, man möge ihm aus dem Brunnen des heiligen Feodossij zu trinken geben, und salbte ihm den Kopf und das Gesicht. Und es trat überall seines Unglaubens wegen Eiter auf, so daß alle vor Gestank ihn fliehen mußten. Er kehrte aber in sein Haus zurück, weinend und klagend, und verließ das Haus des Gestankes wegen mehrere Tage nicht mehr. Und er sagte zu seinen Freunden: »Die Schande fiel auf mein Haupt. Ich bin meinen Brüdern fremd und den Söhnen meiner Mutter fern, da ich nicht mit Glauben zu den heiligen Antonij und Feodossij gekommen war.« Und er verblieb täglich in Erwartung seines Todes.

Später aber überlegte er seine Sünden bei sich und kam zu dem ehrwürdigen Alimpij und beichtete ihm. Der Selige sagte aber zu ihm: »Kind, du hast gut getan, daß du Gott durch mich Unwürdigen deine Sünden gebeichtet hast! Denn der Prophet David sagte: ›Ich bekenne meine Gesetzlosigkeit dem Herrn, und er vergibt mir den Unglauben meines Herzens.‹« Und er belehrte ihn über die Errettung der Seele, nahm den Farbkasten, der die Farben enthielt, mit denen er die Ikonen malte, und färbte ihm damit das Gesicht und bestrich die eiternden Geschwüre. Und so brachte er ihn zu seinem früheren Aussehen, machte ihn wohlaussehend, führte ihn in die göttliche Klosterkirche, ließ ihn die heiligen Sakramente empfangen, befahl ihm, sich mit dem Wasser zu waschen, mit dem sich die Priester waschen, und da fielen die Geschwüre ab, er wurde gesund.

Ein Urenkel des Geheilten hat die Lade über dem heiligen Abendmahltisch aus Gold schmieden lassen als Dank für seine Heilung. Alle wunderten sich über diese schnelle Heilung. Der hochwürdige Alimpij sagte aber zu ihnen: »Brüder, hört, was gesagt ist: ›Niemand kann zweien Herren dienen.‹ So auch dieser: Früher diente er dem Feind durch sündige Zauberei, dann kam er zu Gott; wegen seines Unglaubens mußte er an seiner Rettung verzweifeln, und sein Aussatz wurde stärker. ›Bittet‹, sagte der Herr, aber nicht einfach: ›Bittet‹, sondern: ›Bittet mit Glauben, und ihr werdet empfangen.‹ Und als er vor Gott gebeichtet hatte und mich zum Zeugen nahm, da beschenkte ihn der Schnellhelfende und heilte ihn.« Und der Geheilte ging in sein Haus, Gott lobend und die Allerreinste Mutter, die Ihn geboren, und unsere heiligen Väter Antonij und Feodossij und den seligen Alimpij. Das ist unser neuer Elias, der den Syrer Naaman vom Aussatz heilte.

Und ein anderer christusliebender Mann aus Kiew erbaute eine Kirche und wollte zum Schmuck der Kirche große Ikonen machen lassen: fünf Deisis und zwei Orts-Ikonen. Dieser christusliebende Mann gab zwei Mönchen des Höhlenklosters Silber und auch die Bretter für Ikonen, damit diese Mönche sich mit Alimpij verabredeten und er für das Malen der Ikonen nehmen möge, was er brauche. Diese Mönche aber sagten Alimpij nichts, nahmen aber von dem Mann so viel, wie sie selbst wollten.

Und der christusliebende Mann schickte zu den Mönchen, um zu erfragen, ob seine Ikonen fertig seien. Sie sagten aber, daß er noch mehr Gold verlange. Und sie nahmen wiederum Gold von dem christusliebenden Mann und gaben es aus und ließen ihm Nachricht zukommen, indem sie im Namen des Heiligen sagten, daß er nochmals ebensoviel verlange, wie er bereits genommen hatte. Dieser christusliebende Mann gab auch das mit Freude.

Nach einiger Zeit aber sagten die Mönche wiederum: »Alimpij verlangt noch einmal soviel.« Der Christusliebende aber sagte: »Wenn er auch zehnmal fordern wird, werde ich es geben, nur erbitte ich mir seinen Segen und sein Gebet und die Arbeit seiner Hände.« Alimpij aber wußte nichts davon, was die Mönche getan hatten. Und der Mann ließ fragen, ob die Ikonen fertig seien. Die beiden Mönche aber gaben ihm Nachricht und sagten, Alimpij habe Gold und Silber im Überfluß genommen, die Ikonen aber wolle er nicht anfertigen.

Der Christusliebende kam ins Kloster mit einem großen Gefolge und trat vor den Abt Nikon, indem er gegen den hochwürdigen Alimpij Klage führen wollte. Der Abt rief Alimpij herbei und sagte zu ihm: »Bruder, was für Unrecht hast du diesem unserm Sohn angetan? Er hat dir vielfach angeboten, so viel zu nehmen, wie du willst; und sonst malst du doch umsonst.« Der Selige aber sagte: »Ehrwürdiger Vater! Deine Heiligkeit weiß, daß ich niemals in dieser Arbeit faul war. Heute weiß ich aber nicht, wovon du sprichst.« Der Abt aber sagte: »Du hast dreifachen Preis für sieben Ikonen genommen, malst aber die Ikonen nicht.«

Und um ihn zu überführen, befahl er, die Ikonenbretter zu bringen und die Mönche herbeizurufen, die das Gold genommen hatten, damit sie ihn überführten und gegen ihn Klage vorbrächten. Die Abgesandten aber fanden sehr schön gemalte Ikonen und brachten sie dem Abt. Als

Gottesmutter von Vladimir
11. bis 12. Jahrhundert byzantinisch
oder 13. Jahrhundert russisch

alle das gesehen hatten, wunderten sie sich und erschraken sehr, fielen mit Zittern auf die Erde und verneigten sich vor den nicht mit Händen geschaffenen Ikonen unseres Herrn Jesus Christus, seiner Allerreinsten Mutter und seiner Heiligen. Und das Gerücht darüber ging durch die ganze Stadt Kiew.

Es kamen aber auch die beiden Mönche, die den Seligen verleumdeten, und begannen, ohne etwas davon zu wissen, gegen Alimpij Klage zu führen, und sie sagten so: »Du hast den dreifachen Preis genommen und malst die Ikonen nicht.« Alle antworteten ihnen und sagten: »Und jetzt sind die Ikonen von Gott gemalt.« Und als die Mönche das sahen, erschraken sie vor dem Wunder. Die Mönche, die das Kloster bestohlen hatten, wurden überführt, das Vermögen wurde ihnen abgenommen, und sie wurden aus dem Höhlenkloster vertrieben.

Sie ließen aber von ihrer Bosheit nicht ab; sie verleumdeten weiter den Seligen und sagten zu allen: »Wir haben die Ikonen gemalt; der Herr aber wollte uns den Lohn nicht geben, und deshalb erfand er diese Geschichte, um uns den Verdienst zu nehmen. Und es ist Lüge, daß die Ikonen von Gott gemalt und nicht von uns gemacht sind.« Und so redeten sie auf das Volk ein, das kam, um diese Ikonen zu sehen und zu verehren; sie hinderten es aber daran. Und deshalb glaubten die Menschen den Mönchen, die den seligen Alimpij verleumdeten. Aber Gott verherrlicht seine Heiligen, wie der Herr im Evangelium sagte: »Es kann eine Stadt, die auf dem Berge steht, nicht verborgen bleiben, und wenn man ein Licht anmacht, stellt man es nicht unter ein Gefäß, sondern auf den Leuchter, damit es allen leuchtet.« So blieb auch das tugendhafte Leben Alimpijs nicht verborgen.

Der Fürst Wladimir erfuhr von dem Wunder mit den Ikonen. Und einmal geschah durch den Ratschluß Gottes folgendes: Bei einem Brand brannte der ganze Podol aus, und auch die Kirche, in welcher jene Ikonen waren, verbrannte. Aber nach dem Brand fand man diese sieben Ikonen heil, während die ganze Kirche eingeäschert war. Und als der Fürst das erfahren hatte, ging er selbst, um das Wunder, das mit den Ikonen geschehen war, zu sehen, die nicht verbrannt und auf den Befehl Gottes gemalt waren. Und er pries den Schöpfer von allem, der da herrliche Wunder durch die Gebete seiner wohlgefälligen Knechte Antonij und Feodossij wirkt. Und Wladimir nahm eine Ikone, nämlich die der heiligen Mutter Gottes, und sandte sie in die Stadt Rostow in die Kirche, die er dort erbauen ließ, die auch jetzt noch steht und die ich mit eigenen Augen gesehen habe. Und als ich in Rostow war, geschah folgendes: Die Kirche stürzte ein, und diese Ikone blieb unbeschädigt und wurde in die hölzerne Kirche übergeführt. Diese verbrannte, die Ikone blieb aber ohne Schaden, ohne auch nur eine Spur vom Feuer an sich zu haben.

Aber wenden wir uns einer andern Erzählung über den seligen Alimpij zu. Ein anderer Christusliebender ließ den Seligen eine Orts-Ikone malen. Nach einigen Tagen erkrankte Alimpij, und die Ikone wurde noch nicht fertig. Der gottliebende Mann drängte den Seligen. Dieser aber sagte zu ihm: »Kind, komm nicht zu mir und dränge mich nicht, sondern vertraue deinen Kummer wegen der Ikonen Gott an, und Er wird tun, was Er will! Deine Ikone wird zum Kirchenfest auf ihrem Platze stehen.« Und der Mann freute sich, daß die Ikone bis zum Fest gemalt werden würde; er glaubte den Worten des Seligen und ging froh in sein Haus.

Und wiederum kam der gottliebende Mann am Vorabend der Feier der Entschlafung Mariä und wollte die Ikone in Empfang nehmen. Er sah aber, daß die Ikone noch nicht gemalt und der selige Alimpij sehr krank war, und er bedrängte ihn und sagte: »Warum hast du mich von deiner Krankheit nicht benachrichtigt? Ich hätte die Ikone anderswo malen lassen, damit die Feier festlich und würdig wäre. Jetzt aber hast du mich beschämt, da du die Ikone nicht fertig hast.« Der Selige antwortete ihm: »O Kind! Habe ich denn das aus Faulheit getan? Kann denn Gott durch sein Wort nicht die Ikone seiner Mutter malen lassen? Ich gehe aus dieser Welt, wie mir der Herr geoffenbart hat, und nach meinem Tode wird dich Gott trösten.« Der Mann ging von ihm trauernd in sein Haus.

Nach seinem Weggang aber kam jemand, ein lichter Jüngling, nahm den Farbkasten und begann, die Ikone zu malen. Alimpij dachte zunächst, daß der besagte Herr böse gegen ihn geworden sei und einen anderen Maler geschickt habe; denn er sah zunächst aus wie ein Mensch; die Schnelligkeit der Arbeit schien aber übernatürlich zu sein: bald machte er den goldenen Hintergrund, bald zerrieb er die Farben auf dem Stein und malte. Im Laufe von drei Stunden malte er die Ikone fertig und sagte: »O Mönch! Ist es unzureichend, oder habe ich irgendwelche Fehler gemacht?« Der Hochwürdige aber sagte: »Du hast's gut gemacht! Gott half dir, sehr kunstvoll diese Ikone zu malen. Das tat Er durch deine Vermittlung.« Als es Abend wurde, ward er mit der Ikone unsichtbar.

Der Herr aber, der die Ikone bei Alimpij bestellt hatte, verblieb vor Kummer die ganze Nacht ohne Schlaf; denn (er meinte,) es gebe nun zu der Feier keine Ikone, und er nannte sich sündig und unwürdig solcher Gnade. Und als er aufgestanden war, ging er in die Kirche, damit er dort seine Sünden beklage. Und er öffnete die Tür der Kirche und sah, daß die Ikone auf ihrem Platze strahlte, und fiel vor Schrecken nieder, im Glauben, daß er eine Erscheinung vor sich habe. Als er etwas zu sich gekommen war, sah er, daß das eine wirkliche Ikone war, und er blieb in Zittern und Furcht, da er an die Worte des Hochwürdigen dachte. Und so weckte er seine Hausgenossen. Sie gingen froh in die Kirche mit den Kerzen und Leuchtern und sahen die Ikone, die heller als die Sonne leuchtete, und sie fielen auf die Erde nieder und verneigten sich vor der Ikone und küßten sie mit Herzensfreude. Der gottliebende Mann aber kam zum Abt und begann, ihm das geschehene Wunder mit der Ikone zu erzählen. Und sie gingen alle zu dem hochwürdigen Alimpij, sahen aber, daß er schon diese Welt verlassen wollte. Und der Abt fragte ihn: »Vater, wie und von wem ist diese Ikone gemalt?« Er aber erzählte ihnen alles, was er gesehen hatte: daß ein Engel sie gemalt hatte. »Und da steht er und will mich mit sich nehmen.« Und nachdem er das gesagt hatte, gab er den Geist auf. Man bereitete ihn für das Begräbnis vor, trug ihn in die Kirche, sang über ihn die geziemenden Gesänge und legte ihn in die Höhle neben unsere Väter in Christo Jesu, unserm Herrn.

Awwakum

Vierte Unterweisung: Über die Ikonenmalerei

Gott hat es zugelassen, daß die Maler von anstößigen Ikonen in unserem russischen Land zugenommen haben. Es malen Leute von niedrigem Rang, die großen Würdenträger aber lassen sie wohlwollend gewähren, und sie alle schreiten in den Abgrund des Verderbens, einer an den anderen geklammert, so wie es geschrieben steht: Wenn aber ein Blinder den anderen leitet, so fallen beide in die Grube, weil sie in der Nacht der Unwissenheit schreiten. Doch wer des Tages wandelt, der stößt sich nicht, denn er sieht das Licht der Welt, was soviel heißen will: Wer vom Licht der Vernunft erleuchtet ist, erkennt die Zaubereien und das häretische Blendwerk als gefährlich und begreift alle Neuerungen genau; er verstrickt sich nicht in die Ratschläge, welche die Sündigen ersinnen. Denn also ist es: Sie malen das Abbild des Erlösers Immanuel – das Gesicht ist pausbäckig, die Lippen sind purpurrot, das Haar ist gelockt, die Arme und Muskeln sind geschwollen, die Finger feist, desgleichen sind die Oberschenkel prall, und wie ein Ausländer ist er dickwanstig und aufgedunsen, einzig der Säbel am Schenkel ist nicht gemalt. Und all das ist in fleischlicher Absicht gemalt, denn die Häretiker finden Gefallen an des Fleisches Fülle und haben das Erhabene erniedrigt. Christus, unser Herr, aber war von zartem Gefühl, so lehren es uns die Schriftgelehrten. Leset es nach bei Johannes Chrysostomos in seiner Predigt über die Niederkunft der Mutter Gottes, denn dort findet ihr es beschrieben: Das Abbild Christi und das der Gottesgebärerin: Und ihr werdet keine Ähnlichkeit zu dem entdecken, was die Häretiker sich derzeit ausgedacht. Und das alles hat dieser Hund Nikon, unser Feind, ersonnen, als gälte es lebendige Menschen zu malen, alles gleicht er der fränkischen Weise an und das heißt der deutschen Manier.*

So malen denn die Franken bei der Verkündigung die allerheiligste Mutter Gottes als Schwangere, ihr Bauch hängt herab bis zu den Knien, und Christus liegt im selben Augenblick vollkommen im Mutterleib. Und ähnliches steht bei uns in Moskau in der Schrift *Das Szepter der Regierung*** geschrieben: Christus ist bei der Empfängnis schon ein vollkommener Mensch, eben so, wie er geboren wird. Und an anderer Stelle steht zu lesen: wie ein Mensch von dreißig Jahren. Nun aber merket auf, ihr guten Menschen, ist es denn möglich, daß der Mensch mit Zähnen und Bart geboren werde? An euch alle, an die Großen wie die Kleinen, wende ich mich: Hat es denn so etwas jemals gegeben? Schlimmeres als die Franken haben sie drucken lassen, diese Feinde Gottes.

Wir, die Rechtgläubigen, bekennen uns jedoch zu dem, was uns die Heiligen gelehrt haben. Auch Iwan Damaskin und andere: Bei der Empfängnis war Christus, unser Gott, an Gliedern vollkommen, was soviel heißen will, er war vollkommen an Gewicht, sein heiliges Fleisch erreichte aber seine Fülle wie üblich in neun Monaten, und er wurde als ein Säugling geboren und nicht als ein vollkommener Mann von dreißig Jahren. Die Heiligenmaler haben jedoch begonnen, Christus bei seiner Geburt mit einem Bart

* Die Altgläubigen nannten die westlich beeinflußte Ikonenmalerei die »fränkische«, da Italien zum Frankenreich gehörte. »Fränkisch«, »deutsch« und »italienisch« sind daher Synonyma für die von mittelalterlichen Vorstellungen abtrünnige Malweise.

** Kurz nach dem Konzil von 1666/67, anläßlich des Schismas der Altgläubigen und der Nikon-Anhänger, erschien das theologische Werk des Theologen und Schriftstellers Simeon Polockij (1629-1680), *Das Szepter der Regierung (Žezl pravlenija, 1667)*, in dem er sich den Grundsätzen der Altgläubigen widersetzte und für die Reformen der Regierung stimmte. *(A.d.Ü.)*

zu malen, und sie berufen sich dabei auf jenes *Szepter der Regierung*, und so ist es denn Brauch bei ihnen worden. Und die Mutter Gottes bei der Verkündigung schwanger: So wie es die häretischen Franken tun. Christus aber am Kreuz ist aufgebläht: Als niedliches Dickerchen steht er da, und seine Beine gleichen Stühlchen.

Oh weh, ihr Armen! Rus, weshalb gelüstete es dich nach deutschem Tun und nach fremden Bräuchen! Und sogar Nikola, dem Wundertätigen, haben sie den ausländischen Namen Nikolaj gegeben. Bei den Franken hat es einstens einen Nikolaj, den Italiener, gegeben, und unter den Aposteln war der Häretiker Nikolaj; unter den Heiligen gibt es jedoch nirgendwo einen Nikolaj. Erst mit ihnen hat das alles begonnen. Nikola, der Wundertätige, duldet es, und wir sind machtlos: Obgleich man diesem Rüden Nikon nur den Kopf mit der Schnauze nach hinten drehen müßte, auf daß er so durch Moskau liefe. Was sollen wir nur tun? Christus hat ihnen Zeit zugestanden, so wie es auch bei Judas, dem Apostel, steht: Der Herr, nachdem er dem Volk einmal aus Ägypten geholfen hatte, [...] brachte um, die da nicht glaubten. Auch die Engel, die ihren himmlischen Stand nicht bewahrten, sondern ihre Behausung verließen, hat er behalten zum Gericht des großen Tages mit ewigen Banden in der Finsternis. Siehe denn, Gemeinde, wie Gott sie duldet, so auch die Teufel bis zum Jüngsten Tag. Dann wird ihnen das ganze Urteil zuteil werden; jetzt aber mögen sie gemeinsam mit den Teufeln über Christus scherzen und über Nikola und über alle Heiligen einschließlich der Mutter Gottes, unserem Licht, ja laßt sie auch spotten über uns Armselige wie die Teufel über die Popen – laßt sie ihr Unwesen treiben. Johannes Chrysostomos aber war weit besser als wir, und als die Zeit gekommen war, da versteckten sie ihn wie auch uns. Und desgleichen Philipp, den Metropoliten von Moskau. Es gibt ja vieles von dergleichen. Wer sich denn

Christus Immanuel
Mitte 17. Jahrhundert, Simon Uschakow
(1626-1686)

entschloß, Gott zu dienen, dem gebührt es nicht, um seiner selbst willen betrübt zu sein. Nicht allein um des Besitzes der Heiligen Bücher willen, sondern auch der weltlichen Wahrheit zuliebe steht es ihm zu, sich aus ganzer Seele einzusetzen, wie es Johannes Chrysostomos, genannt der Goldmund, um der Witwe willen und wegen des Gartens von Theognost getan hat, wie es auch Philipp um der Opritschnina willen tat. Um so mehr um der Kirche Verderben willen – möge ein jeder Rechtgläubiger nicht lange sinnen und ins Feuer gehen. Gott wird dich segnen und unser Segenswunsch wird dich begleiten bis in Ewigkeit. Wir brauchen nicht bis nach Persien zu gehen, um den glühenden Ofen zu finden: Gott hat uns das Babylon zu Hause bereitet, der Ofen der Chaldäer steht in Borowsk, in dem die drei heiligen Jünglinge gemartert werden, die, den Cherubim gleich geworden, das Trishagion gen Himmel senden. Wahrlich, es hatte alles gut begonnen. Schöner als das Haus des Nebukadnezar – die Paläste und oberen Gemächer waren mit goldenen Kuppeln verziert, die Mauern und Wände sind aus Gold eingerichtet und die Wege mit Edelsteinen gepflastert, gepflanzt waren die mannigfaltigsten Gartenbäume, die Vögel trällern, und die Tiere vergnügen sich in den Gärten, die Lilien und Kräuter blühen, verbreiten Wohlgerüche über allem. Doch sagte Nebukadnezar voller Prahlsucht zu Gott, dem Herrn im Himmel: Du herrschest im Himmel, dir aber ebenbürtig bin ich hier auf Erden. Und als Gott seinen unbeirrbaren Stolz sah, verwandelte er Nebukadnezar vorne in einen Stier, hinten jedoch in einen Löwen, und Nebukadnezar zog sieben Jahre lang mit den Tieren im Eichenhain umher, fraß Gras, bis er bereute. *So widersetzt sich der Herr den Stolzen, den Demütigen aber erteilt er seinen Segen*. So begreift denn, die Rechtgläubigen werden wie die drei Jünglinge wegen ihrer Marter gepriesen werden, im Himmel wie auf Erden. Dieses diene zum Beispiel für diejenigen, die die Nachfolge Christi antreten wollen. Falle auch du, Knecht Gottes, nicht vor den anstößigen Abbildern nieder, gemalt nach fränkischer Überlieferung, wie auch die drei Jünglinge sich nicht vor dem goldenen Götzenbild in Babylon verneigt haben, das in dem Tal Dura aufgestellt war. Das Götzenbild von damals war ebenso fett und groß gemalt wie die heutigen Abbilder, die nach fränkischer Manier gemalt sind. Und wie gewaltig sind auch die Veränderungen in jenen Ikonen: Die Haare sind gekämmt, die Gewänder sind abgewandelt worden, und die Fingerhaltung ist die des Malax. Anstelle des Zeichens Christi küsse das verderbte des Malax! Begreifst du denn, was ich da sage? Sie malen doch diese Hand als eine gespreizte. Quäle dich nicht zu Tode, küsse sie nicht, denn sie ist das Zeichen des Antichristen. Spucke auf sie; übler Gedanke drängt sich auf. Sollte es aber sein, daß ihr ähnlich gemalte Abbilder nicht findet, dann verneiget euch gen Himmel, gen Osten, und verneiget euch nicht vor derlei Abbildern. Und nun sei Friede mit euch und unser Segen. Ich, der sündige Erzpriester Awwakum, mit den Vätern und der Bruderschaft in Jesum Christum, wir verneigen uns allerdemütigst vor euch und allen Gläubigen. Betet für uns wie auch wir für euch.

Ehre und Ruhm sei Gott, unserem Herrn. Amen.

Nikolai Leskow

Der versiegelte Engel

I

Es war in der Christwoche, am Abend vor Wassili, dem ersten Tag des neuen Jahres. Draußen tobte ein grausames Unwetter. Einer der grimmigen, tief über die Erde dahinfegenden Schneestürme, für die das Steppengebiet jenseits der Wolga im Winter berüchtigt ist, hatte eine bunte Menschenmenge in einem Gasthof zusammengetrieben, der einsam inmitten der endlosen Steppe stand. Dicht an dicht saßen oder lagen hier Adlige, Kaufleute und Bauern, Russen, Mordwinen und Tschuwaschen beieinander. Auf Ränge und Standesunterschiede zu achten war bei einem solchen Nachtlager unmöglich: Wohin man auch blickte, überall drängten sich die Gäste. Einige trockneten ihre Kleider, andere wärmten sich, wieder andere suchten noch nach einem Platz, um es sich möglichst bequem zu machen. Die Luft in dem überfüllten und dunklen niedrigen Raum war stickig, die nassen Kleider dampften. Keine freie Stelle war mehr zu sehen: Überall, auf den Holzpritschen, auf dem Ofen, auf den Bänken und sogar auf dem schmutzigen Lehmfußboden, lagen Menschen. Der Wirt, ein mürrischer, ungehobelter Kerl, freute sich nicht über die Gäste und den Verdienst. Ärgerlich warf er das Tor hinter dem letzten Schlitten zu, mit dem zwei Kaufleute angekommen waren, verschloß es, hängte den Schlüssel unter den Heiligenschrein und erklärte kategorisch: »So, jetzt mag kommen, wer will, ich mache nicht auf, und wenn er mit dem Kopf ans Tor rennt!«

Nach diesen Worten zog er seinen weiten Schafpelz aus,

Nikolaus
12. Jahrhundert, Nowgoroder Schule

schlug in der Art der Altgläubigen das Kreuz und schickte sich an, auf den warmen Ofen zu klettern. Plötzlich klopfte jemand zaghaft ans Fenster.

»Wer ist da?« rief der Wirt laut und unwillig.

»Wir«, klang es dumpf hinter der Scheibe.

»Na und, was gibt's?«

»Laß uns ein, um Christi willen! Wir haben uns verirrt und sind halb erfroren!«

»Seid ihr viele?«

»Nein, nein, nur achtzehn, mehr nicht«, erwiderte der Mann vor dem Fenster stockend und mit klappernden Zähnen. Man hörte, daß er tatsächlich schon fast erstarrt war vor Kälte.

»Ich habe keinen Platz, das Haus ist sowieso schon voll bis oben hin!«

»Wenigstens ein paar Minuten zum Aufwärmen!«

»Wer seid ihr denn?«

»Wir sind Fuhrleute.«

»Fahrt ihr leer oder mit Fracht?«

»Mit Fracht, Väterchen! Wir haben Felle geladen.«

»Wie, Felle habt ihr geladen? Und da wollt ihr in einem Haus übernachten? Was gibt es doch für Menschen in Rußland! Macht, daß ihr weiterkommt!«

»Aber was sollen sie denn tun?« fragte ein Gast, der auf einer der oberen Pritschen unter einem Bärenpelz lag.

»Die Felle auf einen Haufen werfen und zwischen ihnen schlafen, was denn sonst!« erwiderte der Wirt. Er schimpfte noch eine Weile auf die Fuhrleute, kletterte dann auf den Ofen und rührte sich nicht mehr.

Der Mann unter dem Bärenpelz protestierte energisch gegen ein solches Verhalten und bezichtigte den Wirt der Grausamkeit, doch dieser ging mit keiner Silbe auf die Vorwürfe ein. Dafür meldete sich aus einer Ecke ein rothaariges Männlein mit Spitzbart zu Wort.

»Schelten Sie den Wirt nicht, bester Herr«, sagte er. »Er

hat seine Erfahrungen und verhält sich ganz richtig. Unter Fellen besteht keine Gefahr.«

»So?« versetzte der Gast mit dem Bärenpelz zweifelnd.

»Nicht die geringste. Für die Fuhrleute ist es sogar besser, wenn er sie nicht einläßt.«

»Wieso?«

»Weil sie daraus eine nützliche Lehre ziehen werden. Außerdem bleibt auf diese Weise immer noch ein Plätzchen, falls ein wirklich Hilfloser kommt.«

»Wen sollte denn der Teufel jetzt noch herführen?« knurrte der Bärenpelz.

»Hör mal«, warf da der Wirt ein, »rede kein dummes Zeug! Der Satan kann überhaupt niemanden herführen, denn wir sind hier durch unsere Heiligenbilder geschützt! Siehst du nicht, daß dort eine Ikone des Heilands und ein Bild der Gottesmutter hängen?«

»Sehr richtig«, bekräftigte der kleine Rothaarige. »Den Gläubigen führt nicht der Böse, sondern ein Engel.«

»Na, davon habe ich nichts gemerkt. Ich kann mir nicht vorstellen, daß mich mein Schutzengel hier an diesen miserablen Ort geführt hat«, entgegnete der redselige Bärenpelz. Der Wirt spuckte nur wütend aus, und der Rothaarige erklärte einlenkend, die Wege des Schutzengels seien nicht für jedermann offenkundig, was nur derjenige richtig begreifen könne, der es einmal erlebt habe.

»Sie reden so, als hätten Sie selbst diese Erfahrung bereits gemacht«, meinte der Bärenpelz.

»Ja, Herr, das habe ich auch.«

»Wollen Sie damit sagen, daß ein Engel Sie geführt hat und daß Sie ihn gesehen haben?«

»Jawohl, ich habe meinen Schutzengel gesehen, und er hat mich geleitet.«

»Na, hören Sie, soll das ein Scherz sein?«

»Gott bewahre mich davor, mit solchen Dingen Scherz zu treiben.«

»Und was haben Sie gesehen? Wie ist Ihnen der Engel erschienen?«

»Das ist eine lange Geschichte, verehrter Herr.«

»Nun, ich denke, wir werden hier ohnehin nicht viel schlafen, und Sie täten gut daran, uns diese Geschichte zu erzählen.«

»Gern, wenn Sie es wünschen, Herr.«

»So erzählen Sie bitte, wir hören zu. Aber warum wollen Sie dort auf den Knien liegen, kommen Sie doch hierher zu uns, wir rücken ein bißchen zusammen und machen es uns bequem!«

»Nein, Herr, verbindlichsten Dank! Ich will Sie nicht beengen, zudem ist es durchaus angebracht, das, was ich Ihnen erzählen will, kniend vorzutragen, denn es ist eine heilige und sogar ein wenig unheimliche Geschichte.«

»Nun, wie Sie wollen, nur fangen Sie an und berichten Sie, wie es kam, daß Sie Ihren Schutzengel sahen, und was er für Sie getan hat.«

»Gut, Herr, ich beginne also.«

II

»Ich bin, wie Sie zweifellos selbst sehen, ein unbedeutender Mensch, ein einfacher Mann vom Lande, und habe eine meinem Stand entsprechende Erziehung erhalten, wie eben auf dem Dorf üblich. Ich stamme nicht aus dieser Gegend, meine Heimat liegt weit von hier. Von Beruf bin ich Maurer, und ich bin im alten russischen Glauben geboren. Da ich meine Eltern früh verlor, schloß ich mich schon als Junge einigen meiner Landsleute an, die in der Fremde Brot und Verdienst suchten. Ich arbeitete an verschiedenen Orten, doch immer in ein und derselben Gruppe, die unter der Führung von Luka Kirilow stand. Dieser Luka Kirilow, ebenfalls ein Mann aus meinem Heimatdorf, ist noch am Leben, er gilt heute als der beste

Baumeister unserer Gegend. Er leitet jetzt das von seinen Vätern übernommene Geschäft, das er nicht heruntergewirtschaftet, sondern vergrößert und zu einem einträglichen soliden Besitz gemacht hat; dabei war und ist er ein hochanständiger Mensch, kein Halsabschneider. Deshalb folgte ich ihm auch überallhin. Ich möchte sagen, daß ich ganz Rußland durchwandert habe, aber nirgends ist mir ein besserer und rechtschaffenerer Vorgesetzter begegnet als er. Wir führten unter ihm ein höchst friedfertiges Leben wie unter einem gütigen Patriarchen; er war unser Meister im Handwerk und unser Lehrer im Glauben. Unser Weg von einer Arbeitsstelle zur anderen glich dem Zug des Volkes Israel durch die Wüste unter Moses, sogar unsere Stiftshütte hatten wir bei uns, von der wir uns niemals trennten, unseren ›Gottessegen‹. Luka Kirilow liebte die Ikonenmalerei, und, meine verehrten Herrschaften, er besaß einige erlesene Stücke in höchst kunstvoller Ausführung, teils alte griechische Arbeiten, teils Werke der besten Nowgoroder oder Stroganower Heiligenbildmaler. Eins wirkte immer prächtiger als das andere, nicht so sehr wegen der funkelnden Metallbeschläge als vielmehr durch die klare Zeichnung und die erstaunliche Harmonie in der künstlerischen Gestaltung. Ich habe etwas derart Erhebendes später nie wieder gesehen.

Es waren darunter, um einige Einzelheiten zu nennen, verschiedene Abbildungen des Heilands mit der Heiligen Jungfrau und Johannes dem Täufer; ein nicht von Menschenhand geschaffenes Christusbild, das den Erlöser nach alter Manier mit glattem, feucht wirkendem Haupt- und Barthaar zeigte, sowie allerlei Heilige, Märtyrer und Apostel. Am meisten aber staunten wir über diejenigen Ikonen, auf denen mehrere Figuren in bestimmten Episoden abgebildet wurden. Da waren zum Beispiel Darstellungen des kirchlichen Jahreszyklus, verschiedener Feiertage, des Jüngsten Gerichts, der Monate mit den entsprechenden Heiligen, der Erzengel mit dem Christusknaben, der Heiligen Dreifaltigkeit, der Wochentage und der heiligen Helfer gegen Krankheiten. Auf einem war auch gemalt, wie sich Abraham vor dem dreieinigen Gott im Hain Mamre verneigt – kurz, es war eine Sammlung von unsagbarer Schönheit. Dergleichen Ikonen werden heute gar nicht mehr gemalt, weder in Moskau noch in Petersburg, noch in Palech, ganz zu schweigen von Griechenland, wo diese Kunst längst ausgestorben ist. Wir liebten unser Heiligtum leidenschaftlich und sorgten gemeinsam dafür, daß die Ewigen Lämpchen vor den Bildern stets brannten. Für den Transport hatten wir auf Gemeinkosten ein Pferd und einen speziellen Wagen angeschafft, auf dem wir diesen Gottessegen in zwei großen Kisten überallhin mitnahmen. Zwei Ikonen aber lagen uns ganz besonders am Herzen. Die eine war nach griechischer Manier von einem alten Moskauer Meister im Dienste des Zaren gemalt. Sie zeigte die heilige Gottesmutter betend im Garten, dessen Zypressen und Ölbäume sich vor ihr bis zur Erde verneigten. Die andere war eine Stroganower Arbeit und stellte einen Schutzengel dar. Es ist unmöglich, mit Worten zu beschreiben, wie kunstvoll diese beiden Heiligenbilder waren. Ein Blick auf die Gottesmutter, vor deren Reinheit sich die seelenlosen Bäume verneigten, ließ das Herz in banger Ehrfurcht schmelzen; das Bild des Engels aber flößte unendliche Freude ein. Dieser Engel war in der Tat unbeschreiblich schön. Sein Antlitz, ich sehe es wie heute, strahlte in göttlicher Verklärung und linderte sogleich jeden Schmerz; seine Augen blickten sanft, über seinen Ohren schwebten weiße Bänder zum Zeichen dafür, daß er allgegenwärtig war und jeden Laut vernahm; sein Kleid funkelte, sein Kragen war reich mit Gold durchwirkt, sein Harnisch bestand aus vielen Schuppen, die aussahen wie Federn. Über seine Schultern lief das Priesterband, auf der Brust trug er das Bild des jungen Immanuel, in der rechten Hand hielt er ein Kreuz, in der linken das Flammenschwert. Einfach wunderbar! Blonde Locken fielen auf seine Schultern – jedes einzelne Haar war aufs sorgfältigste gezeichnet wie mit einer Nadel. Die ausgebreiteten Flügel hoben sich schneeweiß von dem lichtblauen Hintergrund ab, und man sah jede Feder und jeden kleinsten Flaum. Wenn man diese Flügel betrachtete, dann schwand jede Furcht; man betete: ›Sei mein Schutz!‹ und wurde sogleich ruhig, die Seele fand Frieden. Solch eine Ikone war das! Wir hüteten daher diese beiden Bilder wie die Juden ihre Bundeslade, die ihnen Bezaleel so kunstvoll verfertigt hatte. Alle anderen Ikonen, von denen ich sprach, führten wir in besonderen Flechtkörben mit uns, diese beiden aber vertrauten wir nicht einmal dem Fuhrwerk an, sondern trugen sie selbst. Die Muttergottes hatte Luka Kirilows Frau, die Michailiza, in ihrer Obhut, den Engel trug Luka auf der Brust. Das Bild steckte in einem eigens für diesen Zweck angefertigten, mit dunkler Leinwand gefütterten knöpfbaren Brokatfutteral, auf dessen Vorderseite ein Kreuz aus leuchtend-rotem Stoff prangte. An der Oberkante war eine dicke grüne Seidenschnur angenäht, die um Lukas Hals lief. So hing die Ikone in ihrer Hülle ständig an der Brust unseres Meisters. Sie ging auf all unseren Wegen vor uns her, als führe uns der Engel selbst an. Wir durchzogen die Steppe von einem Ort zum anderen auf der Suche nach neuer Arbeit, voran Luka Kirilow, die gekerbte Meßlatte an Stelle eines Stockes in der Hand; hinter ihm, auf dem Wagen sitzend, seine Frau mit dem Bild der Gottesmutter, und dann wir übrigen, die ganze Gruppe. Grünes Gras säumte den Weg, Blumen wuchsen auf den Wiesen, hier und da weidete eine Herde Schafe, ein Hirt blies die Flöte – Labsal für Auge und Herz! Alles gelang uns vortrefflich, wie durch ein Wunder schlug keine unserer Unternehmungen fehl: Wir fanden überall Arbeit, wir lebten in gutem

Einvernehmen, und aus unserem Heimatdorf kamen nur beruhigende Nachrichten. All das dankten wir dem Engel, der uns führte, und wir hätten, dessen waren wir sicher, lieber das Leben hingegeben als sein herrliches Bild.

Keinem von uns wäre auch nur der Gedanke gekommen, daß wir dieses unser kostbarstes Heiligtum je verlieren könnten. Und doch stand uns dieser schwere Schlag bevor. Nicht die Heimtücke der Menschen bereitete uns solchen Kummer, der Engel selbst war es, wie wir später begriffen, der uns in weiser Umsicht leitete. Er nahm Kränkung auf sich, um uns durch Leid zu läutern und uns den rechten Weg zu weisen, vor dem die bis dahin von uns beschrittenen Pfade nichts als eine dunkle, ausweglose Schlucht waren. – Doch sagen Sie mir bitte, ob Sie mir weiter zuhören wollen oder ob ich Ihre Aufmerksamkeit mißbrauche!«

»Aber nein, seien Sie so gut und fahren Sie fort!« riefen wir, völlig im Bann der Erzählung.

»Nun, so will ich Ihnen denn, so gut ich es vermag, die Wunder schildern, die wir mit unserem Engel erlebten.«

III

»Wir gelangten vor eine große Stadt an einem mächtigen Strom, dem Dnepr, wo wir für längere Zeit Arbeit fanden: Wir sollten beim Bau der großen, heute sehr berühmten Steinbrücke helfen. Die Stadt erhebt sich auf dem steilen rechten Ufer, wir standen am linken, welches sanft abfallende Wiesen säumten. Unseren Augen bot sich ein prächtiges Bild: alte Kirchen, fromme Klöster mit vielen Reliquien, üppige Gärten und Bäume, wie man sie in den Vignetten der alten Bücher abgebildet sieht, hohe Pappeln mit spitzen Wipfeln. Das alles war so schön, daß es einem ans Herz griff. Wir waren, wie Sie wissen, einfache Leute, aber die Herrlichkeit der von Gott geschaffenen Natur empfanden wir dennoch.

Gottesmutter vom Don
Ende 14. Jahrhundert, Feofan Grek
(etwa 1330-1410)

Der Ort gefiel uns so gut, daß wir uns gleich am ersten Tag häuslich niederließen. Wir trieben zuerst lange Pfähle in die Erde, denn die Stelle lag unmittelbar am Wasser, und errichteten sodann auf ihnen eine Hütte mit einem großen Aufenthaltsraum und einem zweiten kleinen Zimmer. In dem Gemeinschaftsraum stellten wir unser Heiligtum nach der althergebrachten Ordnung auf: An einer Wand fand der zusammenlegbare dreistufige Ikonostas seinen Platz, auf dem zuunterst die großen Heiligenbilder standen, während die kleineren auf den beiden darüberliegenden Brettern, wie vorgeschrieben, eine Art Treppe hinauf zum Gekreuzigten bildeten; der Engel aber zierte das Pult, an dem Luka Kirilow aus der Schrift las. Luka Kirilow bezog mit seiner Frau die Kammer, und wir übrigen errichteten für uns daneben eine zweite Hütte als gemeinsamen Schlafraum. Als die anderen Arbeiter, die ebenfalls für längere Zeit zum Brückenbau gekommen waren, das sahen, taten sie es uns gleich, und so entstand um uns herum gegenüber der großen Stadt eine kleine Siedlung auf Pfählen. Wir nahmen die Arbeit auf, und alles war so, wie es sein sollte. Die Engländer im Kontor zahlten uns pünktlich das Geld aus, und Gott schickte Gesundheit, so daß den ganzen Sommer über kein einziger von uns krank wurde. Nur Lukas Frau beklagte sich manchmal, daß ihr dies Leben nicht behage, weil sie rundherum Fett ansetze. Besonders gefiel uns Altgläubigen, die wir damals überall Verfolgungen ausgesetzt waren, daß wir hier völlige Freiheit genossen. Keine städtische oder staatliche Behörde kümmerte sich um uns, es gab keinen Popen, niemand ließ sich sehen, und niemand nahm Anstoß an unserem Glauben oder behinderte uns. Wir nutzten diese Freiheit weidlich: Die Arbeitszeit war kaum zu Ende, da versammelten wir uns im Gemeinschaftsraum, wo unser Heiligtum im Licht der vielen Lämpchen strahlte, daß einem das Herz überging. Luka

Kirilow las ein Gebet, und wir alle fielen ein, unsere Lobgesänge waren bei stillem Wetter in der ganzen Siedlung zu hören. Niemand nahm Anstoß an unserem Glauben, ja er schien sogar vielen noch vertraut zu sein, und er gefiel nicht nur den einfachen Menschen, die dazu neigen, Gott nach alter russischer Sitte zu verehren, sondern auch den Andersgläubigen. Viele fromme Anhänger der offiziellen Kirche, die keine Zeit fanden, in ein Gotteshaus jenseits des Flusses zu fahren, standen bei uns unter den Fenstern, hörten zu und beteten mit. Wir verboten es ihnen nicht: Wir hätten sie gar nicht alle wegjagen können, denn es waren auch Ausländer darunter, die sich das alte russische Ritual ansehen wollten, sie kamen oft, lauschten unseren Gesängen und lobten sie. Der oberste Baumeister, ein Engländer namens Jakow Jakowlewitsch, stand sogar gelegentlich mit Papier und Bleistift unter dem Fenster und bemühte sich, unsere Lieder in Noten aufzuzeichnen, manchmal summte er bei der Arbeit, uns nachahmend, vor sich hin: ›O Herr, erscheine uns!‹ Allerdings kam es bei ihm ganz anders heraus, denn diese Gesänge sind in besonderen alten Zeichen gesetzt, sie lassen sich mit dem neuen westlichen Notensystem gar nicht vollständig erfassen. Die Engländer, zu ihrer Ehre sei's gesagt, waren umgängliche Leute; sie liebten uns sehr und nannten uns ordentliche Menschen. Kurz, der Engel des Herrn hatte uns an einen guten Ort geführt, er öffnete uns die Herzen der Menschen und zeigte uns die Schönheit der Natur.

Dieses friedliche Leben führten wir an die drei Jahre. Alles glückte uns, die Erfolge ergossen sich über uns wie aus einem Füllhorn. Da entdeckten wir plötzlich, daß Gott zwei aus unserer Mitte zu unserer Bestrafung auserkoren hatte. Der eine war der Schmied Maroi, der andere unser Rechnungsführer Pimen Iwanow. Maroi war ein höchst einfältiger Mensch, er konnte weder lesen noch schreiben, was bei den Altgläubigen sonst selten vorkommt, doch er zeichnete sich durch andere hervorstechende Eigenschaften aus. Er wirkte plump wie ein Kamel und breit wie ein Eber, seinen Brustkasten vermochte ein Mann nicht zu umfassen. Eine mächtige struppige Löwenmähne wuchs ihm bis in die Stirn, auf dem Scheitel aber hatte er sich eine kahle Stelle geschoren. Er sprach unartikuliert und war schwer zu verstehen, weil er beim Reden schmatzte und kaum den Mund aufmachte; sein Verstand war so schwerfällig und beschränkt, daß er nicht einmal die Gebete auswendig hersagen konnte, er murmelte meist nur irgendein Wort unablässig vor sich hin. Doch er hatte die Gabe, in die Zukunft zu schauen, er konnte hellsehen, und seine Voraussagen gingen oft in Erfüllung. Pimen war das ganze Gegenteil. Er kleidete sich stutzerhaft, tat sich gern wichtig und sprach so gewählt, daß man sich über seine Rede wundern mußte; dafür mangelte es ihm an Charakterstärke, er erlag leicht den verschiedensten Versuchungen. Maroi war alt, über siebzig, Pimen hingegen stand in den besten Mannesjahren und wirkte außerordentlich gepflegt. Er trug sein lockiges Haar in der Mitte gescheitelt, die Brauen waren dicht, das Gesicht hatte eine gesunde Farbe, kurz, er bot eine stattliche Erscheinung. In diesen beiden Gefäßen nun gärte unversehens der Bittersaft heran, den bis zur Neige auszutrinken uns beschieden war.«

IV

»Die acht Granitpfeiler der Brücke waren schon hoch über das Wasser emporgewachsen, und im vierten Jahr unseres Aufenthalts gingen wir zu Beginn des Winters daran, die schweren Eisenketten an ihnen zu befestigen. Da kam es zu einer Verzögerung bei der Arbeit: Als wir die einzelnen Glieder zurechtgelegt hatten und die Stahlnieten in die entsprechenden Löcher trieben, stellte sich heraus, daß viele Bolzen gekürzt werden mußten. Das war indes leichter gesagt als getan, denn sie bestanden aus härtestem englischem Stahl und waren so dick wie ein Männerarm. Sie glühend zu machen war unmöglich, denn dadurch hätte der Stahl seine Festigkeit verloren, und ihn zu sägen, fehlten uns die Werkzeuge. In dieser kritischen Situation hatte unser Schmied Maroi den rettenden Einfall: Er klebte fest gewordene, mit grobem Sand vermischte Wagenschmiere um die Stelle, wo der Bolzen durchschnitten werden mußte, steckte die Werkstücke in den Schnee, streute ringsum noch etwas Salz, drehte sie hin und her, zog sie dann rasch heraus, legte sie auf glühendes Eisen und schlug mit dem schweren Hammer darauf. Es zeigte sich, daß die Bolzen jetzt so leicht brachen wie eine Wachskerze, die man mit der Schere schneidet. Die Engländer und die Deutschen liefen herbei und bestaunten Marois Erfindung; sie sahen lange zu, lachten plötzlich, redeten untereinander etwas in ihrer Sprache und sagten dann auf russisch: ›Gut gemacht, Russ', prächtiger Bursche, du gut Physik verstehen!‹

Doch was verstand Maroi schon von der Physik: Er hatte von der Wissenschaft nicht die geringste Ahnung, er handelte einfach so, wie Gott es ihm eingab. Unser Pimen Iwanow aber erzählte die Geschichte überall herum, und das war in zweifacher Hinsicht schlecht: Die einen trauten Maroi überragende Kenntnisse zu, die er doch wahrlich nicht besaß, und die anderen gewannen die Überzeugung, daß auf uns offensichtlich die Gunst Gottes ruhe, die uns in den Stand setze, Wunder zu tun, eine Idee, welche uns selbst nie gekommen wäre. Das zweite wirkte sich für uns viel schlimmer aus als das erste. Ich sagte bereits, Pimen Iwanow war ein charakterschwacher, eitler Mensch, und ich will Ihnen auch erklären, weshalb wir ihn dennoch in unserer Gruppe behielten. Er fuhr für uns in die Stadt, um Nahrungsmittel zu besorgen und alles Notwendige einzukaufen; wir schickten ihn auf die Post, wenn jemand Geld an seine Angehörigen zu Hause aufgeben wollte oder wenn die alten Pässe eingesandt und die neuen abgeholt werden mußten. Derlei Dinge erledigte er, und, ehrlich gesagt, wir brauchten ihn, ja er war für uns von großem Nutzen, denn einem rechten Altgläubigen aus der Steppe sind solche weltlichen Geschäfte zuwider, er vermeidet die Berührung mit Beamten, von denen wir nichts als Ärger erfuhren. Pimen hingegen tat es gern, und er hatte in der Stadt jenseits des Flusses bereits zahlreiche Verbindungen geknüpft. All die Kaufleute und sonstigen Herrschaften, mit denen er zu tun hatte, kannten ihn und hielten ihn für unseren Anführer. Wir lachten natürlich darüber, ihm aber war es geradezu ein Bedürfnis, mit den Herrschaften Tee zu trinken und große Reden zu führen. Da er in der Stadt als unser Oberster galt, behandelte man ihn sehr zuvorkommend, er aber lächelte nur dazu und strich sich wohlgefällig den Bart. Mit einem Wort, es war alles eitles Getue. Auf diese Weise wurde unser Pimen auch mit einem ziemlich einflußreichen Mann bekannt, dessen Frau aus unserer Gegend stammte. Sie schwatzte ebenfalls gern und hatte nach der Lektüre irgendwelcher neumodischer Bücher, in denen allerlei ungereimtes Zeug über unseren Glauben stand, plötzlich ihre Liebe zu den Altgläubigen entdeckt. Es ist wirklich sonderbar, wieso gerade sie auf so etwas kam, doch sie ließ von ihrer Idee nicht ab, und immer, wenn unser Pimen ihren Mann in Geschäften aufsuchte, lud sie ihn sogleich zum Tee ein. Pimen war natürlich sehr erfreut und öffnete alle Schleusen seiner Beredsamkeit vor ihr.

Die Gnädige pries auf Weiberart die Altgläubigen in den höchsten Tönen als gerechte, ja heilige Leute, denen die ewige Seligkeit gewiß sei, und unser Belial verdrehte die Augen, neigte den gepflegten Kopf, lächelte vielsagend und redete ihr nach Kräften zum Munde.

›Nun ja, Herrin, wir wahren das Gesetz der Väter, das stimmt schon, wir halten uns auch an gewisse Regeln und achten untereinander auf Sittenreinheit.‹

So schwatzte er drauflos, und er erzählte auch Dinge, über die man eigentlich nicht mit einer Dame spricht. Die Gnädige zeigte sich jedoch sehr wißbegierig und hörte aufmerksam zu.

›Man sagt‹, versetzte sie, ›daß Gottes Segen sichtbar auf euch ruhe.‹

Pimen ging sogleich darauf ein.

›O ja, Mütterchen, das stimmt, manchmal sieht man es ganz deutlich.‹

›Man sieht es?‹

›Aber ja‹, erwiderte er. ›In diesen Tagen erst hat einer von uns mächtigen Stahl wie Spinngewebe zerschnitten.‹

Die Gnädige klatschte vor Überraschung in die Hände.

›Oh‹, sagte sie, ›wie interessant! Ich liebe Wunder über alles und glaube fest an sie! – Wissen Sie‹, fuhr sie fort, ›sagen Sie doch bitte Ihren Altgläubigen, sie sollen zu Gott beten, daß er mir eine Tochter schenke! Ich habe zwei Söhne, doch ich hätte gern auch eine Tochter. Wäre das möglich?‹

›Sicher, warum denn nicht?‹ antwortete Pimen. ›Wenn's weiter nichts ist! Allerdings müßten wir dazu ein bißchen von Ihnen gestiftetes Öl in die Lämpchen gießen.‹

Sie gab ihm mit dem größten Vergnügen zehn Rubel für Öl, er steckte das Geld ein und sagte: ›Gut, Sie können sich darauf verlassen, ich werde entsprechende Anweisung geben.‹

Uns erzählte Pimen davon natürlich kein Wort; die Dame aber genas eines Töchterchens.

Dieses Ereignis versetzte sie in nicht geringe Aufregung, und kaum hatte sie sich vom Wochenbett erhoben, da rief sie unseren Schwätzer zu sich und feierte ihn, als hätte er selbst das Wunder vollbracht. Pimen widersprach ihr auch diesmal nicht. So weit kann die Eitelkeit den Menschen bringen, sie verwirrt den Verstand und unterdrückt jedes bessere Gefühl. Ein Jahr später hatte die Gnädige abermals ein Anliegen an unseren Gott: Ihr Mann sollte ihr für den Sommer ein Landhaus mieten – und wieder erfüllte sich ihr Wunsch. Pimen empfing fortgesetzt Opfergaben für Kerzen und Öl, die er nach eigenem Gutdünken verwendete, wir bekamen nichts davon zu sehen. In der Tat geschahen auch weiterhin unbegreifliche Wunder. Der älteste Sohn jener Dame war ein ausgesprochener Faulpelz, er lernte nicht in der Schule, und als das Jahresexamen herankam, schickte seine Mutter nach Pimen und gab ihm den Auftrag, darum beten zu lassen, daß man den Jungen in die nächste Klasse versetze. Pimen sagte: ›Das ist nicht so leicht. Ich müßte alle meine Leute dazu bringen, die ganze Nacht bei Kerzenlicht zu beten und Gott anzurufen.‹

Aber sie ließ nicht locker und gab ihm dreißig Rubel, damit nur alles richtig vonstatten gehe. Und was glauben Sie? Der faule Bengel wurde versetzt, er hatte Glück. Seine Mutter verlor vor Freude über die Wohltaten, die ihr unser Gott erwies, beinahe den Verstand. Sie erteilte Pimen einen Auftrag nach dem anderen, und dieser erwirkte für sie bei Gott Gesundheit, eine Erbschaft und für ihren Mann einen hohen Rang sowie so viele Orden, daß er sie gar nicht alle an die Brust heften konnte, sondern einen, wie es hieß, in der Tasche tragen mußte. Wir aber erfuhren von all diesen zweifellos erstaunlichen Ereignissen nicht das geringste. Doch es nahte die Stunde, da alles ans Licht kam und an Stelle dieser Wunder ganz andere geschahen.«

V

»In einer überwiegend von Juden bewohnten Stadt des gleichen Gouvernements waren unsaubere Dinge vorgefallen. Ich kann Ihnen nicht genau sagen, ob die Juden

Falschgeld in Umlauf gebracht oder unlauteren Handel getrieben hatten, jedenfalls mußte die Obrigkeit der Sache auf den Grund gehen, und es war eine beachtliche Belohnung zur Klärung ausgesetzt. Die Gnädige schickte sofort nach unserem Pimen und sagte zu ihm: ›Pimen Iwanowitsch, hier haben Sie zwanzig Rubel für Kerzen und Öl, befehlen Sie Ihren Leuten, so fleißig wie möglich zu beten, damit man meinen Mann mit dieser Aufgabe betraut!‹

Pimen machte sich darob keine sonderlichen Gedanken. Er hatte am Einnehmen und Ausgeben der Opfergelder inzwischen Gefallen gefunden und erwiderte:

›Gut, Herrin, es wird geschehen.‹

›Aber sie sollen ordentlich beten‹, sagte sie, ›denn es liegt mir wirklich sehr viel daran.‹

›Sie werden es nicht wagen, schlecht zu beten, wenn ich es ihnen befehle‹, beruhigte Pimen sie. ›Ich lasse sie fasten, bis Gott sie erhört hat.‹

Er nahm das Geld und verfuhr damit wie immer, der Gemahl der Gnädigen aber erhielt noch in derselben Nacht den ersehnten Auftrag.

All diese Gnadenbeweise stiegen der Dame dermaßen in den Kopf, daß es ihr nicht mehr genügte, wenn wir für sie beteten, sie hatte vielmehr das Bedürfnis, selbst vor unseren heiligen Bildern niederzuknien und Gott zu preisen.

Sie teilte ihren Wunsch Pimen mit und jagte ihm damit einen tüchtigen Schrecken ein, denn er wußte, daß wir sie nicht an unsere Heiligtümer heranlassen würden. Doch sie bestand auf ihrem Vorhaben.

›Tun Sie, was Sie wollen‹, erklärte sie, ›heute abend nehme ich ein Boot und fahre mit meinem Sohn zu Ihnen hinüber.‹

Pimen versuchte sie davon zu überzeugen, daß es besser sei, wenn wir allein beteten. ›Wir haben einen Schutzengel‹, sagte er, ›stiften Sie ein wenig Öl für ihn, dann werden wir ihn bitten, seine Fittiche auch über Ihren Gatten zu breiten.‹

›Oh, herrlich!‹ erwiderte sie. ›Wie schön, daß Sie einen solchen Engel haben! Hier, nehmen Sie, kaufen Sie Öl dafür und zünden Sie drei Lämpchen vor ihm an, ich will hinkommen und ihn mir ansehen.‹

Nun saß Pimen tüchtig in der Tinte. Er kam zu uns und erklärte kleinlaut, die Sache sei so und so, er habe die aufdringliche Dissidentin nicht abweisen können, da ihr Mann für uns von großem Nutzen sei und so weiter und so fort; von seinen eigenen Machenschaften jedoch sagte er kein Wort. Kurz und gut, die Sache war unangenehm, aber nicht mehr zu ändern. Wir nahmen rasch unsere Ikonen von der Wand, packten sie in die Kisten und stellten Ersatzbilder auf, die wir für den Fall behördlicher Razzien stets mit uns führten. So gerüstet, erwarteten wir die Besucherin, die auch erschien, herausstaffiert, daß einem angst und bange werden konnte. Sie fegte mit ihrer langen Schleppe unseren Fußboden, betrachtete durch ihre Lorgnette die falschen Bilder und fragte: ›Sagen Sie bitte, welches ist der wundertätige Engel?‹ Da sie uns keine Ruhe ließ, erklärten wir schließlich: ›Einen solchen Engel haben wir nicht.‹

Wie sehr sie sich auch bemühte und besonders in Pimen drang, wir zeigten ihr den Engel nicht, sondern baten sie so bald wie möglich zum Tee und zu einem bescheidenen Imbiß.

Unser Gast gefiel uns ganz und gar nicht, und das hatte weiß Gott seinen Grund: Ihr Äußeres stieß uns ab, obwohl sie sicher als Schönheit galt. Sie war so eine Große, Hagere, wissen Sie, dürr wie eine Steppenziege, und dazu hatte sie sich die Augenbrauen schwarz gefärbt.«

»Solche Frauen sind wohl nicht nach Ihrem Geschmack?« unterbrach der Mann mit dem Bärenpelz den Erzähler.

»Ich bitte Sie, wie kann man denn an so einer Bohnenstange Gefallen finden?« erwiderte dieser.

»Bei Ihnen meint man wohl, es ist schön, wenn eine Frau aussieht wie ein wandelnder Maulwurfshaufen?«

»Ein Maulwurfshaufen?« wiederholte der Erzähler lächelnd, ohne gekränkt zu sein. »Wieso denn? Bei uns hält man sich in bezug auf die körperliche Konstitution der Frau an den echt russischen Typ, der unsere Meinung nach weit zweckmäßiger ist als das, was der heutige Leichtsinn schön findet, deshalb aber noch lange keinem Maulwurfshaufen gleicht. Wir mögen die langen Dürren nicht, sondern haben es gern, wenn eine Frau auf kräftigen, stämmigen Beinen steht und nicht unsicher einherstelzt, sondern fest auf ihr Ziel losgeht wie eine Kugel, die überall hinrollt, während die Langbeinige in ihrer Hast über jedes Hindernis stolpert. Es gefällt uns auch nicht, wenn eine dünn ist wie eine Schlange; eine Frau muß breite Hüften und einen vollen Busen haben, wenn es ihrer Figur vielleicht auch abträglich ist, damit man ihre Bestimmung als Mutter sieht. Unsere echten russischen Frauen haben eine niedrige, fleischige Stirn, aber eine solche Stirn zeugt von Frohsinn und freundlicher Wesensart. Das gleiche gilt für die Nase, die bei unseren Frauen nicht edel geschwungen ist, sondern eher einem Stummelpfeifchen gleicht, doch so ein Stummelpfeifchen, das können Sie mir glauben, wirkt viel gemütlicher als eine hagere stolze Nase. Und was die Brauen angeht – die Brauen geben dem Gesicht den Ausdruck, deshalb dürfen sie bei einer Frau nicht betont sein und finster wirken, sondern sie müssen sich in sanftem Bogen über die Augen ziehen und den Blick freigeben. Mit einer solchen Frau redet man viel lieber, sie ist überhaupt in jeder Beziehung angenehmer und versieht das Hauswesen besser. Aber dieser gute Typ entspricht natürlich nicht dem heutigen Geschmack, man schätzt an der Weiblichkeit vielmehr das nicht Faßbare, Ephemere, das jedoch ohne jeden Wert ist. – Doch verzeihen Sie, wir sind von unserem Thema abgekommen. Ich will lieber weitererzählen.

Als die Dame weg war, äußerte mancher von uns sein Mißfallen über sie, und Pimen, selbst ein Mensch ohne Grundsätze, sagte: ›Was habt ihr denn, sie ist eine gute Frau.‹

Wir erwiderten, daß es mit ihrer Güte wohl nicht so weit her sein könne, da in ihrem Äußeren nichts Gutes zu entdecken sei. Im übrigen mochte sie in Gottes Namen sein, wie sie wollte, wir waren heilfroh, daß wir sie glücklich wieder hinauskomplimentiert hatten, und zündeten rasch die Weihrauchfässer an, um auch die letzte Spur ihrer Anwesenheit zu tilgen.

Danach fegten wir den Raum aus, legten die falschen Bilder in die Kiste zurück und holten unsere echten Ikonen wieder hervor. Nachdem wir sie in der alten Ordnung auf dem Ikonostas verteilt, mit Weihwasser besprengt und ein Gebet gesprochen hatten, begab sich jeder zu seinem Nachtlager. Niemand aber fand in dieser Nacht die rechte Ruhe, es war uns schwer ums Herz, und Gott weiß, warum.«

VI

»Am nächsten Morgen gingen wir wie gewohnt zur Arbeit, Luka Kirilow aber fehlte. Wir wunderten uns sehr darüber, denn er hielt sonst stets auf Pünktlichkeit. Noch größer aber war meine Überraschung, als er gegen acht Uhr blaß und verstört erschien.

Da ich ihn als einen beherrschten Mann kannte, der nicht grundlos Trübsal blies, fragte ich sogleich: ›Was ist denn mit dir, Luka Kirilow?‹ Doch er antwortete: ›Ich erzähle es dir später.‹

Ich war damals noch jung, und mich plagte die Neugier;

zudem beschlich mich plötzlich das ungute Gefühl, die Sache könne mit unserem Glauben zusammenhängen; der Glaube aber ging mir über alles, an eine Religion habe ich mich stets gehalten.

Deshalb ertrug ich diesen Zustand auch nicht lange. Ich verließ unter einem Vorwand meinen Arbeitsplatz und lief nach Hause, um die Michailiza auszufragen, bevor die anderen zurückgekehrt waren. Selbst wenn Luka Kirilow sich ihr nicht offenbart haben sollte, wußte sie trotz ihrer Einfalt doch bestimmt, was ihn bewegte, und sie würde es vor mir nicht verbergen, denn ich war seit meiner Kindheit eine Waise und unter der Obhut der beiden wie ein Sohn aufgewachsen, sie war für mich so etwas wie eine zweite Mutter.

Ich lief also schnurstracks zu ihr hin und fand sie auf der Vortreppe zu unserer Hütte sitzen, eine alte Pelzjacke um die Schultern, zusammengekauert, als sei sie krank, und ganz grün im Gesicht.

›Was ist denn geschehen, Mütterchen?‹ fragte ich. ›Warum sitzt Ihr hier auf der Treppe?‹

Und sie antwortete: ›Wo soll ich denn sonst hin, Marotschka?‹

Ich heiße Mark Alexandrow, aber sie nannte mich in ihrem mütterlichen Gefühl stets Marotschka.

Was redet sie da für einen Unsinn? dachte ich. Wieso weiß sie nicht, wo sie hin soll?

›Legt Euch doch drin in der Kammer aufs Bett!‹ sagte ich.

›Das geht nicht, Marotschka‹, erwiderte sie. ›Großvater Maroi ist in der Stube und betet.‹

Aha, dachte ich, da haben wir's, es hat also doch etwas mit unserem Glauben zu tun! Die Michailiza fuhr fort:

›Weißt du denn nicht, Junge, was heute nacht bei uns geschehen ist?‹

›Nein, Mütterchen, ich weiß von nichts.‹

›Oh, es ist furchtbar!‹

›Erzählt es mir rasch!‹

›Ach, so was kann man gar niemandem erzählen!«

›Aber mir könnt Ihr es doch sagen!‹ entgegnete ich. ›Ich bin ja kein Fremder, sondern so etwas wie Euer Sohn!‹

›Das bist du, mein Junge‹, antwortete sie, ›aber ich weiß nicht, ob ich die rechten Worte finden werde, ich bin einfältig und dumm. Warte doch, bis dein Onkel Luka von der Arbeit kommt, er wird dir sicher alles berichten.‹

So lange aber konnte ich unmöglich warten, und ich drang in sie, mir doch gleich zu sagen, was vorgefallen war.

Ich sah, wie es um ihre Mundwinkel zuckte und wie ihre Augen feucht wurden. Plötzlich wischte sie mit ihrem Brusttuch die Tränen ab und flüsterte: ›Heute nacht hat uns der Schutzengel verlassen, mein Junge.‹

Mir liefen bei dieser Eröffnung kalte Schauer über den Rücken.

›Sprecht weiter!‹ bat ich. ›Wie ist das denn geschehen, und wer hat es gesehen?‹

Sie antwortete: ›So etwas kann man nicht erklären, Kind, und gesehen hat es auch niemand außer mir, denn es geschah mitten in der Nacht, als alle schliefen, nur ich war wach.‹

Und dann, meine Herren, erzählte sie mir das folgende.

›Ich hatte mein Nachtgebet gesprochen‹, sagte sie, ›und war eingeschlafen. Wie lange ich so gelegen habe, weiß ich nicht, doch plötzlich träumte mir, es stehe alles hier bei uns in Flammen. Es war eine mächtige Feuersbrunst, und der Fluß spülte die Asche weg, sie kreiste in Strudeln um die Pfeiler und wurde dann in die Tiefe gerissen.‹ Sie selbst, die Michailiza, war, nur mit einem zerfetzten Hemd bekleidet, hinausgelaufen und stand am Ufer. Da erblickte sie jenseits des Flusses eine hohe rote Säule, auf der ein kleiner weißer Hahn hockte und mit den Flügeln schlug. Die Michailiza rief hinüber: ›Wer bist du?‹, denn ein Gefühl verriet ihr, daß dieser Vogel ihr etwas zu sagen habe. Da schrie der Hahn plötzlich mit menschlicher Stimme: ›Amen!‹ Im nächsten Augenblick stürzte er herab und war nicht mehr zu sehen. Totenstille breitete sich aus, und die Luft wurde ganz dünn. Der Michailiza bemächtigte sich eine entsetzliche Angst, sie konnte kaum noch Atem holen und erwachte. Wie sie so dalag, hörte sie auf einmal in der Tür ein Lamm blöken. Sie erkannte an der Stimme, daß es ein ganz junges Tier war, gerade erst geboren. Silberhell und rein klang sein Mäh-mäh, und plötzlich vernahm die Michailiza auch feines Hufgetrappel: Das Lamm lief durch den Gebetsraum, als suche es etwas, und klopfte dabei mit seinen Füßchen auf die Dielenbretter. Erschrocken überlegte die Michailiza: Jesus Christus! Was ist das bloß? In der ganzen Siedlung gibt es kein einziges Schaf, wo kommt denn da dieses neugeborene Lamm her? Gleichzeitig beunruhigte sie noch ein anderer Gedanke: Und wie ist es hereingelangt? Haben wir etwa gestern in dem Durcheinander vergessen, die Tür zum Hof zu schließen? Gott sei Dank, dachte sie, daß es nur ein Lamm ist und nicht ein Hund, der sich an unseren Heiligenbildern zu schaffen macht! Aber nun beschloß sie, Luka zu wecken. ›Kirilytsch! Wach auf, Mann, rasch, unsere Tür steht auf, und ein Lamm ist in die Stube gelaufen!‹ Doch Luka Kirilow schlief ausgerechnet in dieser Nacht wie ein Toter. Was die Michailiza auch anstellte, sie bekam ihn nicht wach. Er knurrte nur etwas vor sich hin, sagte aber kein Wort. Als sie ihn stärker schüttelte und stieß, brummte er noch lauter. Schließlich rief sie: ›So komm doch zur Besinnung, in Christi Namen!‹ Das Wort war kaum über ihre Lippen, da quietschte in der Stube etwas auf. Im selben Augenblick sprang Luka aus dem Bett und rannte hinüber, blieb aber plötzlich mitten im Raum stehen, als wäre er an eine eherne Wand gestoßen. ›Mach Licht, Frau, rasch!‹ rief er der Michailiza zu, ohne sich selbst von der Stelle zu rühren. Sie zündete eine Kerze an und lief zu ihm hin. Er stand bleich da wie ein zum Tode Verurteilter und zitterte dermaßen, daß die Hemdspange an seinem Halse tanzte und ihm die Unterhosen um die Beine schlotterten. Seine Frau neben ihm fragte erschrocken: ›Mann, was hast du denn?‹ Er aber zeigte wortlos mit dem Finger dorthin, wo sonst der Engel stand. Das Pult war leer, und die Ikone lag vor Lukas Füßen auf dem Boden.

Unser Meister lief sofort zu Großvater Maroi und sagte zu ihm: So und so, das und das ist bei uns geschehen, komm und sieh es dir an! Maroi kam auch, fiel vor dem am Boden liegenden Engel auf die Knie und verharrte lange so, unbeweglich wie ein marmorner Grabstein. Schließlich hob er die Hand, kratzte seinen Schädel auf der kahlgeschorenen Stelle und sagte leise: ›Bringt mir zwölf reine frischgebrannte Ziegelsteine!‹

Luka Kirilow schaffte das Gewünschte sogleich herbei. Maroi betrachtete die Steine, und als er sah, daß sie sämtlich blitzsauber waren, als kämen sie eben aus dem Ofen, stapelte er sie mit Lukas Hilfe zu einer Säule aufeinander. Darüber breiteten sie ein reines weißes Tuch, und obenauf legten sie die Ikone. Dann rief Maroi mit einer tiefen Verbeugung: ›Engel Gottes, dein Kelch komme über uns nach deinem Willen!‹

Kaum hatte er diese Worte gesprochen, da klopfte es plötzlich, und eine unbekannte Stimme rief: ›He, ihr Raskolniki, wo ist euer Oberster?‹

Luka Kirilow öffnete die Tür und erblickte einen Soldaten mit einem Orden an der Brust. Er fragte ihn, was für einen Obersten er denn suche, und erhielt zur Antwort: ›Na den, der immer zu der Herrin kommt, Pimen heißt er!‹

Luka schickte sofort seine Frau los und fragte weiter, was denn geschehen sei, daß man Pimen mitten in der Nacht hole.

Der Soldat erwiderte: ›Genau weiß ich es nicht, ich habe nur gehört, daß die Juden den Herrn irgendeinen bösen Streich gespielt haben.‹ Worum es im einzelnen ging, vermochte er nicht zu sagen. ›Es heißt, der Herr wollte ihnen eins auswischen, aber am Ende haben sie ihm eins ausgewischt‹, fügte er hinzu.

Wie sie das aber angestellt hatten, das war von dem Boten nicht zu erfahren.

Inzwischen kam Pimen. Mit seinem unsteten Blick, der von einem zum anderen irrte, sah er selber aus wie ein Jude. Er wußte sichtlich nicht, was er vorbringen sollte, und Luka sagte zu ihm: ›Na, Spielmann, nun geige dein Stück nur zu Ende.‹ Pimen bestieg mit dem Soldaten ein Boot und fuhr davon.

Eine Stunde später kehrte er zurück. Er tat forsch und unbekümmert, aber man sah doch, daß er sich in seiner Haut durchaus nicht wohl fühlte.

Luka drang in ihn: ›Sprich, du Windhund‹, sagte er, ›bekenne offen: Was hast du dort angestellt?‹

Doch Pimen erwiderte nur: ›Nichts.‹

Und dabei blieb er, obwohl er sehr viel ›angestellt‹ hatte und sehr viel geschehen war.«

VII

»Der Herr, für den unser Pimen beten sollte, war in eine vertrackte Sache hineingeraten. Er hatte sich, wie ich Ihnen schon berichtete, in die jüdische Stadt begeben, wo er spät in der Nacht ankam, als niemand mehr mit ihm rechnete. Dennoch ging er sofort zu allen Läden, versiegelte sie und teilte der Polizei mit, daß er am nächsten Morgen eine Revision vorzunehmen gedenke. Die Juden erfuhren das natürlich zur selben Stunde, und sie erschienen noch in der Nacht bei ihm, um ihn zu erweichen und mit ihm handelseins zu werden, denn alle hatten große

Erlöser, um 1409
Andrej Rubljow (etwa 1370-1430)

Mengen ungesetzlicher Waren im Geschäft. Sie kamen also und schoben dem Herrn erst mal zehntausend Rubel zu. Er sagte: ›Das geht nicht, ich bin ein hoher Beamter, man vertraut mir, Bestechungsgelder nehme ich nicht.‹ Die Juden tuschelten eine Weile untereinander und boten ihm fünfzehntausend. Er wieder: ›Das geht nicht!‹ Sie erhöhten auf zwanzigtausend. Er weigerte sich weiter. ›Aber begreift ihr denn nicht‹, sagte er, ›es geht nicht, ich habe schon die Polizei verständigt, daß wir morgen zusammen Revision halten wollen!‹ Sie mauschelten abermals etwas unter sich und erklärten dann: ›Aber bittschön, Euer Exzellenz, das macht doch nichts, bittschön, daß Sie die Polizei verständigt haben! Wir geben Ihnen fünfundzwanzigtausend, und Sie überlassen uns bittschön bis morgen Ihr Siegel und legen sich in aller Ruhe schlafen, bittschön, weiter brauchen wir gar nichts.‹

Der Herr überlegte hin und her. Zwar hielt er sich für eine hochgestellte Persönlichkeit, aber mußte er deshalb unbedingt ein Herz aus Stein haben? Er nahm die fünfundzwanzigtausend, gab den Juden sein Petschaft, mit dem er die Läden versiegelt hatte, und legte sich schlafen. Natürlich schafften die Juden in der Nacht alles Verdächtige aus ihren Lagerräumen und versiegelten sie dann wieder. Der Herr schlief noch, als sie sich aufs neue schwatzend in seinem Vorzimmer versammelten. Er ließ sie ein, sie bedankten sich und sagten: ›Nun können Sie, bittschön, mit der Revision beginnen, Euer Hochwohlgeboren.‹

Er schien ihre Worte nicht zu hören, sondern forderte nur: ›Gebt mir mein Siegel zurück!‹

Aber die Juden erwiderten: ›Geben Sie uns, bittschön, unser Geld!‹

Der Herr riß erstaunt die Augen auf und stammelte einige Worte des Protestes, doch sie blieben dabei.

›Aber bittschön‹, sagten sie, ›wir haben das Geld doch nur als Pfand dagelassen!‹

Er fragte verblüfft: ›Wieso denn als Pfand?‹

›Nun ja, bittschön‹, antworteten sie, ›eben als Pfand.‹

›Ihr lügt!‹ schrie der Herr. ›Ihr seid verdammte Schufte, Christusverräter seid ihr! Ich sollte es behalten!‹

Sie stießen einander an und lachten.

›Hörst du‹, sagten sie, ›er meint, wir hätten ihm das Geld geschenkt! Wai, wai! Wir müßten doch wirklich ganz dumme Bauerntölpel sein, wenn wir auf den Gedanken kämen, einem so hohen Herrn ein Chabar anzubieten!‹ (Chabar bedeutet bei den Juden Bestechungsgeld.)

Nun, meine Herrschaften, war das nicht ein tolles Stück? Der Herr hätte natürlich gut daran getan, das Geld sogleich wieder herauszurücken, doch er sträubte sich, weil es ihm um das hübsche Sümmchen leid tat. So kam der Morgen. Die Geschäfte blieben geschlossen, jeglicher Handel in der Stadt ruhte, die Leute wunderten sich, die Polizei forderte das Siegel, und die Juden heulten: ›Wai geschrien, was ist das für eine Staatsregierung! Die hohen Behörden wollen uns zugrunde richten!‹ Es war ein entsetzliches Durcheinander. Der Herr saß eingeschlossen in seinem Zimmer; bis Mittag fand er keinen Ausweg, und gegen Abend rief er die pfiffigen Juden zu sich. ›So nehmt euer Geld in Teufels Namen‹, sagte er, ›und gebt mir mein Siegel!‹ Aber damit gaben die Juden sich jetzt nicht mehr zufrieden. ›Aber bittschön, wie ist das möglich?‹ sagten sie. ›Wir haben den ganzen Tag keinen Handel treiben können, jetzt müssen wir von Euer Wohlgeboren fünfzigtausend fordern!‹ Das hatte sich der Herr durch sein Zögern nun auch noch eingebrockt. Und die Juden fügten hinzu: ›Wenn Sie uns jetzt die fünfzigtausend nicht geben, dann kostet es morgen weitere fünfundzwanzigtausend!‹ Der Herr schlief die ganze Nacht nicht. Am Morgen schickte er wieder nach den Juden, gab ihnen das ganze Geld zurück, das er von ihnen bekommen hatte, und stellte dazu noch einen Wechsel über fünfundzwanzigtausend aus. Dann nahm er schlecht und recht die Revision vor. Natürlich fand er nichts, und er reiste schleunigst wieder ab. Zu Hause ließ er seinen Zorn an seiner Frau aus, er brüllte und fragte verzweifelt, wo er die fünfundzwanzigtausend Rubel hernehmen solle, um den Wechsel auszulösen. ›Ich muß das Dorf verkaufen, das du mit in die Ehe gebracht hast!‹ erklärte er, und sie rief: ›Um nichts in der Welt, an dem Dorf hänge ich!‹ Darauf er: ›Du bist doch an allem schuld, schließlich hast du deine Raskolniki veranlaßt, für mich zu beten, und du hast mir eingeredet, daß ihr Engel mir helfen werde! Nun siehst du, wie wunderbar er mir geholfen hat!‹ Doch sie erwiderte: ›Ach was, du ganz allein bist schuld! Warum hast du denn diese Juden nicht einfach einsperren lassen und erklärt, sie hätten dir das Siegel gestohlen? Im übrigen ist alles halb so schlimm. Tu nur, was ich dir sage, ich bringe die Sache schon in Ordnung, und für deine Unbesonnenheit werden andere zahlen.‹ Sie geriet plötzlich in Bewegung und schrie den ersten besten an, dessen sie habhaft werden konnte: ›Fahr sofort über den Dnepr und hol mir den Obersten der Raskolniki her!‹ Der Bote tat natürlich, wie ihm geheißen. Er brachte Pimen an, und die Dame erklärte ihm ohne Umschweife: ›Hören Sie‹, sagte sie, ›ich weiß, Sie sind ein kluger Mann und werden mich begreifen. Mein Mann ist in eine unangenehme Lage geraten, ein paar Gauner haben ihn übervorteilt, Juden, Sie verstehen. Jetzt brauchen wir in diesen Tagen ganz dringend fünfundzwanzigtausend Rubel, und ich weiß nicht, wo wir sie so schnell herbekommen sollen. Da dachte ich an Sie, und ich bin sicher, daß Sie uns helfen werden, denn die Altgläubigen sind gescheit und reich, euch hilft Gott in allem, wie ich mich selbst überzeugen konnte. Ich bitte Sie also, geben Sie mir fünfundzwanzigtausend Rubel, ich werde dafür allen mir bekannten Damen von Ihren wundertätigen Ikonen erzählen, und dann sollen Sie mal sehen, wieviel Opfergaben für Wachs und Öl Sie erhalten.‹ – Ich denke, meine Herren, Sie vermögen sich unschwer vorzustellen, wie unserem Bruder Leichtfuß bei dieser Wendung der Dinge zumute war. Zwar weiß ich nicht, was er im einzelnen vorbrachte, aber ich glaube doch, daß er alles tat, um die Dame von unserer Unfähigkeit zu überzeugen, eine solche Summe aufzubringen. Doch die neue Herodias ließ nichts gelten. ›Nein, nein‹, sagte sie, ›ich weiß sehr gut, daß die Raskolniki reich sind, für euch bedeuten fünfundzwanzigtausend gar nichts. Als mein Vater in Moskau diente, haben ihm die Altgläubigen oft noch viel größere Gefälligkeiten erwiesen, fünfundzwanzigtausend sind wirklich nur ein Pappenstiel.‹ Natürlich versuchte Pimen ihr zu erklären, daß die Moskauer Altgläubigen kapitalkräftige Leute seien, wir hingegen einfache Dorfbewohner, die von ihrer Hände Arbeit lebten und es niemals mit den Moskauern aufnehmen könnten. Die Dame aber, die in Moskau wirklich allerhand gelernt hatte, fuhr ihn plötzlich an: ›Was wollen Sie mir da einreden! Ich weiß doch, wieviel wundertätige Ikonen ihr besitzt, und Sie selbst haben mir erzählt, daß ihr aus ganz Rußland Opfergaben für Wachs und Öl bekommt! Nein, ich will nichts mehr hören, schafft mir sofort das Geld herbei, sonst fährt mein Mann noch heute zum Gouverneur und hinterbringt ihm, wie ihr betet und die Leute verführt, und dann dürfte es euch schlecht ergehen!‹ Der arme Pimen stürzte fast die Treppe hinunter. Zu Hause erklärte er, wie ich Ihnen bereits erzählte, auf alle Fragen nur immer wieder einsilbig, es sei nichts Besonderes geschehen. Dabei war er so rot im Gesicht, als käme er eben aus dem Bad; er drückte sich in den Ecken herum und schnupfte fortwährend mit der Nase. Schließlich brachte Luka Kirilow doch noch etwas aus ihm heraus, wenn auch natürlich nicht alles, zudem wagte Pimen nur einen Bruchteil der geforderten Summe zu nennen. ›Die Dame verlangt von mir‹, gestand er, ›daß ich euch dazu bringe, ihr fünftausend Rubel zu leihen.‹ Luka machte ihm allein deshalb sogleich die heftigsten Vorhaltungen. ›Ach du eitler Geck‹, schimpfte er, ›was mußtest du dich überhaupt mit diesen Leuten einlassen und sie auch noch hierher schleppen! Sind wir denn so reich, daß wir solche Summen zur Verfügung hätten? Warum sollen gerade wir das Geld geben? Wo nehmen wir es her? Du hast dir diese Suppe eingebrockt, nun löffle sie auch aus! Wir können dir jedenfalls keine fünftausend Rubel geben.‹ Damit ließ er ihn stehen und ging zur Arbeit, wo er, wie ich bereits sagte, bleich wie ein zum Tode Verurteilter ankam, weil er, unter dem Eindruck der nächtlichen Ereignisse, kommendes Unheil spürte. Pimen aber fuhr hinüber zum anderen Ufer. Wir alle hatten gesehen, wie er in einem kleinen Boot aus dem Schilf herausgeglitten und in Richtung Stadt davongerudert war, und jetzt, nachdem mir die Michailiza alles der Reihe nach erzählt hatte, vor allem das mit den fünftausend Rubeln, konnte ich mir auch denken, daß er sich wahrscheinlich zu jener Dame begeben und sie um Gnade angefleht hatte. Diesem Gedanken nachhängend, stand ich vor der Michailiza; zugleich überlegte ich, welche Folgen uns aus alldem erwachsen könnten und ob wir nicht etwas gegen das drohende Unheil unternehmen sollten. Doch da sah ich plötzlich, daß es für derartige Maßnahmen bereits zu spät war. Ein großer Kahn hatte am Ufer angelegt, ich hörte unmittelbar hinter mir viele Stimmen, und als ich mich umdrehte, erblickte ich mehrere Beamte verschiedener Rangstufen, begleitet von einem ganzen Schwarm Gendarmen und Soldaten. Ehe wir, die Michailiza und ich, zur Besinnung kamen, waren sie schon an uns vorbeigelaufen und in unseren großen Gemeinschaftsraum eingedrungen, vor dessen Tür nun zwei Mann mit gezückten Säbeln Wache hielten. Die Michailiza warf sich auf die Posten, nicht so sehr deshalb, weil sie durchgelassen werden wollte, als vielmehr, um überhaupt etwas gegen diese Gewalttat zu unternehmen; sie wurde natürlich zurückgeschoben und lief noch wütender gegen die beiden Gendarmen an, so daß sich geradezu ein Gefecht entspann, bis schließlich einer der beiden sie so derb stieß, daß sie kopfüber die Treppe herabstürzte. Ich für mein Teil wollte eben zur Brücke laufen, um Luka zu holen, da sah ich ihn schon kommen, gefolgt von unserer ganzen Gruppe, alle aufs äußerste erregt, jeder mit dem Werkzeug bewaffnet, das er am Arbeitsplatz eben in der Hand gehalten hatte, einem Brecheisen oder einer Hacke. So stürmten sie herbei, um ihr Heiligtum zu schützen. Wer kein Boot erwischt und keine andere Möglichkeit gehabt hatte, ans Ufer zu gelangen, war in Kleidern, so wie er ging und stand, von der Brücke ins Wasser gesprungen und seinen Kameraden durch die eiskalte Flut nachgeschwommen. Etwas Furchtbares bahnte sich an. Der Trupp der Gendarmen und Soldaten war zwanzig Mann stark, alle höchst kriegerisch herausgeputzt, doch die Unseren zählten mehr als ein halbes Hundert zu allem entschlossener Kämpfer für den Glauben. Wie Seehunde waren sie durch das Wasser geschwommen, und sie wären selbst dann ans Ufer zu ihrem Heiligtum geeilt, wenn man mit Knüppeln auf sie eingeschlagen hätte. Nun stürmten sie heran, naß wie sie waren, ein lebendiger, unzerstörbarer Fels Gottes.«

VIII

»Erinnern Sie sich jetzt gütigst daran, daß Großvater Maroi im Gemeinschaftsraum betete, während ich mich mit der Michailiza auf der Vortreppe unterhielt. So fanden ihn auch die Herren Beamten, als sie mit ihrer Schar dort eindrangen. Er berichtete später, daß sie, nachdem sie hereingekommen, die Tür hinter sich zugeschlagen und

Kampf der Susdaler mit den Nowgorodern
15. Jahrhundert, Nowgoroder Schule

sich sofort auf die Ikonen gestürzt hätten. Einige löschten die Lämpchen aus, andere rissen die Bilder von der Wand und stapelten sie auf dem Fußboden. Ihn, Maroi, schrien sie an: ›Bist du der Pope?‹ Er sagte: ›Nein.‹ Sie fragten: ›Wo steckt denn euer Pope?‹ Und er erwiderte: ›Wir haben keinen.‹ Darauf sie: ›Was, ihr habt keinen Popen? Willst du uns einen Bären aufbinden?‹ Hier versuchte Maroi ihnen zu erklären, daß es bei uns überhaupt keine Popen gab, doch wegen seiner undeutlichen Aussprache verstanden ihn die Beamten nicht, und sie befahlen: ›Nehmt ihn fest und bindet ihn!‹ Maroi leistete keinen Widerstand, als mache es ihm gar nichts aus, daß ein Dutzend Soldaten seine Hände mit einem Strick fesselten; er stand gelassen da, erduldete alles willig für seinen Glauben und harrte der Dinge, die da weiter geschehen würden. Die Beamten hatten indessen ein paar Kerzen angezundet und begannen nun, die Ikonen zu siegeln. Einer drückte jeweils das Petschaft auf, andere legten entsprechende Verzeichnisse an, und wieder andere bohrten Löcher in die Bilder, um sie wie Kringel auf einen langen Eisenstab zu schieben. Maroi beobachtete diesen gotteslästerlichen Frevel, ohne auch nur mit der Wimper zu zucken, denn er war sicher, daß dies alles nach dem Willen Gottes geschah. Da hörte er plötzlich einen der Gendarmen, die draußen Wache hielten, aufschreien, und gleich darauf auch den anderen. Die Tür flog auf, und unsere Seehunde stürzten herein, so, wie sie aus dem Wasser gestiegen waren. Zu ihrem Glück war jedoch Luka Kirilow noch immer allen voran. Er rief sofort: ›Halt, ihr guten Christen, handelt nicht unbesonnen!‹ Dann wandte er sich an die Beamten und sagte, auf die Ikonen an der Eisenstange weisend: ›Weshalb, ihr Herren, beschädigt ihr diese wertvollen Bilder? Wenn ihr ein Recht habt, sie uns wegzunehmen, dann tut es, wir werden uns der Obrigkeit nicht widersetzen. Warum aber sollen diese seltenen alten Kunstwerke verdorben werden?‹

Da fuhr ihn der Leiter der Aktion an, welcher kein anderer war als der Gatte der Pimen bekannten Dame: ›Schweig, Halunke! Wagst du es noch, uns Lehren zu erteilen?‹

Luka war ein stolzer Mann, doch er bezwang sich und erwiderte sanft: ›Erlauben Sie, Euer Hochwohlgeboren, wir wissen, wie dergleichen Dinge gehandhabt werden. Hier in diesem Raum befinden sich anderthalb Hundert Ikonen, wir bieten Ihnen für jede drei Rubel; nehmen Sie sie, doch zerstören Sie die ehrwürdigen Kunstwerke nicht!‹

Der Beamte sah ihn mit funkelnden Augen an und schrie: ›Scher dich weg!‹ Doch leise fügte er hinzu: ›Hundert Rubel pro Stück, sonst drücke ich ihnen allen ein Siegel auf!‹

Eine solche Summe konnte Luka nicht geben, ja sie überstieg sogar sein Vorstellungsvermögen, und er sagte: ›Nun, so tun Sie in Gottes Namen, was Ihnen beliebt! So viel Geld haben wir nicht.‹

Da brüllte der Herr in unbändigem Zorn: ›Was, du bärtiger Ziegenbock erdreistest dich, uns Geld anzubieten?‹

Im nächsten Augenblick stürzte er sich wie wild auf die Heiligenbilder und warf alles auf einen Haufen, was ihm in die Hände geriet. Seine Untergebenen bohrten Löcher in das Holz, spießten die Bilder auf den Stab und schraubten schließlich an dessen beiden Enden Muttern auf, die sie versiegelten, so daß niemand die Ikonen abnehmen oder vertauschen konnte. Als alles fertig war, nahmen zwei Soldaten die Stange mit den Ikonen auf die Schultern und trugen sie zum Kahn. Unterdessen hatte die Michailiza, die hinter unseren Leuten in die Stube gekommen war, heimlich das Engelsbild an sich genommen und mit ihrem Kopftuch bedeckt. Sie wollte es in die Kammer schaffen, doch ihre Hände zitterten, und sie ließ es fallen. Na, ich kann Ihnen sagen, da geriet der Beamte erst richtig in Wut. Er nannte uns Diebe und Betrüger und schrie: ›So, ihr Lumpenpack, ihr wolltet das Bild stehlen, damit wir es nicht auf die Stange spießen! Gut, jetzt habt ihr eueren Willen, es ist nicht auf der Stange, aber seht her, was ich mit ihm mache!‹

Er erhitzte den Siegellack und stieß das kochend heiße rußige Harz dem Engel mitten ins Antlitz!

Verehrte Herrschaften, zürnen Sie mir nicht, wenn ich gar nicht erst versuche, Ihnen zu beschreiben, was in uns vorging, als wir den Siegellack auf dem Gesicht des Engels sahen und der grausame Mensch die Ikone auch noch hochhielt, um sich an unserem Entsetzen zu weiden. Ich erinnere mich nur, daß das erhabene göttliche Antlitz von einem roten Fleck verdeckt war und daß der unter dem heißen Harz geschmolzene Firnis in zwei Rinnsalen von dem Siegel herabfloß wie blutige Tränen.

Wir alle schrien auf, bedeckten unsere Augen mit den Händen, fielen zur Erde und stöhnten wie auf der Folter. Kein Ende hatten unsere Klagen, und noch die dunkle Nacht fand uns um unseren gesiegelten Engel weinend. Und jetzt, in der stillen Finsternis, vor unserem altehrwürdigen, nun zerstörten Altar, kam uns der Gedanke, zu forschen, wohin man unseren Schutzengel verschleppt hatte. Wir schworen, ihn zu stehlen, selbst unter Lebensgefahr, und das Siegel von seinem Antlitz zu entfernen. Zur Ausführung dieses Beschlusses wurden ein junger Bursche namens Lewonti und ich ausersehen. Dieser Lewonti war fast noch ein Kind, er zählte nicht mehr als siebzehn Jahre, doch er war stark, hatte ein gutes Herz und lebte seit seiner frühesten Kindheit in der Furcht Gottes. Er führte sich ordentlich und zeigte sich in allem willig, kurz, er war so brav wie das weiße, silbergezäumte Roß im Märchen.

Einen besseren Mitverschworenen und Bundesgenossen in einem so gefährlichen Unternehmen, wie es das

Aufspüren und Entwenden unseres geblendeten Engels war, dessen Schmach wir nicht zu ertragen vermochten, hätte ich mir gar nicht wünschen können.«

IX

»Ich will Sie nicht mit den Einzelheiten unserer Nachforschungen langweilen, bei denen mein Gefährte und ich buchstäblich durch Nadelöhre schlüpften, um etwas zu erkunden, sondern gleich von dem Schmerz berichten, der uns erfaßte, als wir herausfanden, daß man unsere von den Beamten auf den Eisenstab gezogenen Ikonen in ebendiesem Zustand in den Keller des Konsistoriums geschafft hatte, wo sie wie in einem Grab lagen und für uns verloren waren, so daß es gar keinen Sinn hatte, auch nur an sie zu denken. Ein geringer Trost war uns, daß der Bischof selbst, wie es hieß, das barbarische Vorgehen der Beamten mißbilligte und gefragt hatte: ›Wozu das?‹ Er hatte sich sogar für die alten Kunstwerke eingesetzt und erklärt: ›Das sind wertvolle Altertümer, die man hüten muß!‹ Doch brachte uns seine Haltung keinerlei Nutzen, vielmehr neues Unglück, das diesmal seine Ursache nicht in mangelnder Ehrfurcht und Unwissenheit hatte, sondern im Gegenteil in der Achtung vor derartigen Werten. Der Bischof nahm nämlich unseren gesiegelten Engel, und zwar, wie man annehmen muß, wohlwollend, nicht in feindlicher Absicht; er betrachtete ihn lange, blickte dann zur Seite und sagte: ›Das Antlitz ist zerstört. Wie schrecklich hat man ihn mißhandelt! Legt diese Ikone nicht in den Keller, sondern stellt sie mir in den Altarraum ans Fenster hinter dem Opfertisch!‹ Seine Diener führten diese Anordnung aus, und ich muß Ihnen sagen, daß uns die Anteilnahme des Bischofs der Staatskirche eine gewisse Genugtuung bedeutete. Andererseits aber sahen wir dadurch unsere Absicht, den Engel zu stehlen, vereitelt.

Es blieb nur eine einzige Möglichkeit: des Bischofs Diener zu bestechen und mit ihrer Hilfe die Ikone gegen eine geschickte Nachbildung zu vertauschen. Dergleichen hatten unsere Altgläubigen schon mehrfach mit Erfolg praktiziert, doch dazu brauchte man vor allem einen kunstfertigen und erfahrenen Ikonenmaler, der in der Lage war, eine genaue Imitation anzufertigen. Einen solchen Meister gab es jedoch unseres Wissens in der Gegend nicht. Angesichts dieser Lage befiel uns alle tiefe Trauer, die sich ausbreitete wie die Wassersucht unter der Haut. Die Stube, in der man sonst nur Lobpreisungen Gottes gehört hatte, war zur Stätte des Klagens und Jammerns geworden, und es dauerte nicht lange, da hatte uns der Kummer auch körperlich ausgezehrt. Wir sahen vor lauter Tränen den Boden nicht mehr zu unseren Füßen, und ob es nun am vielen Weinen lag oder nicht, jedenfalls beschlich uns eine Augenkrankheit, die auch auf die anderen Arbeiter der Baustelle übergriff. Was noch niemals vorgekommen war, trat jetzt ein: Einer nach dem anderen wurde krank. In der Siedlung verbreitete sich das Gerücht, dies geschehe nicht von ungefähr, sondern sei die Vergeltung für den Engel der Altgläubigen. ›Man hat ihn mit dem Siegel geblendet, und nun müssen wir alle erblinden!‹ hieß es. Diese Deutung ängstigte nicht nur uns, sondern auch die Anhänger der Staatskirche. Die englischen Herren der Bauleitung ließen verschiedene Ärzte kommen, doch niemand ging zu ihnen, wir nahmen auch die Arzneien nicht, sondern klagten nur immer wieder: ›Gebt uns den gesiegelten Engel zurück, damit wir von ihm beten! Nur er kann uns heilen!‹

Der Engländer Jakow Jakowlewitsch nahm sich der Sache an. Er fuhr selbst zum Bischof und sagte: ›So und so steht es bei uns, Ehrwürden, der Glaube vermag viel, und wer glaubt, dem wird auch geholfen. Lassen Sie den konfiszierten Engel zu uns auf das andere Ufer bringen!‹

Doch der Bischof hörte nicht auf ihn und erwiderte: ›In diesen Dingen darf man keine Nachsicht üben!‹

Seine Worte erschienen uns damals höchst grausam, und wir machten dem hohen Würdenträger manch bitteren Vorwurf; später aber erkannten wir, daß aus seinem Verhalten nicht Hartherzigkeit, sondern das Walten der göttlichen Vorsehung sprach.

Unterdes nahmen die Zeichen scheinbar kein Ende. Vor allem ereilte die strafende Gerechtigkeit den Hauptschuldigen an der ganzen Geschichte, nämlich Pimen, der uns nach dem Unglück verlassen hatte und drüben auf dem anderen Ufer zur Staatskirche übergetreten war. Ich traf ihn einmal in der Stadt; er grüßte mich, und ich dankte ihm. Er sagte: ›Ich habe eine Sünde auf mich geladen, Bruder Mark, als ich mich von euch trennte und meinem alten Glauben abschwor.‹

Ich antwortete: ›Was der Mensch glaubt, liegt in Gottes Hand, aber daß du den Armen für ein Paar Schuhe verkauft hast, ist natürlich nicht schön, und das, verzeih mir, muß ich dir als dein Bruder vorwerfen, wie es der Prophet Amos befiehlt.‹

Beim Namen des Propheten erzitterte er am ganzen Leibe.

›Du brauchst mir die Propheten nicht vorzuhalten‹, erwiderte er. ›Ich kenne die Heilige Schrift, und ich fühle, daß »die Propheten quälten, die auf Erden wohnten«, ja ich trage das Zeichen dafür selbst an mir.‹ Und er berichtete niedergeschlagen, er habe vor einigen Tagen im Flusse gebadet, woraufhin an seinem ganzen Körper ein Ausschlag erschienen sei. Er öffnete das Hemd, und ich erblickte auf seiner Brust bis hinauf zum Hals tatsächlich helle Flecke wie bei einem scheckigen Pferd.

Ich bin ein sündiger Mensch, und es lag mir auf der Zunge, ihm zu sagen, daß Gott den Missetäter zeichnet, doch ich beherrschte mich und sprach: ›Na, laß nur, bete und freue dich, daß du schon auf dieser Welt ein Zeichen trägst, denn dann wirst du vielleicht in der kommenden rein sein.‹

Er jammerte mir vor, wie verzweifelt er über sein Unglück sei und was er entbehren müsse, wenn der Ausschlag auch noch in sein Gesicht hinaufsteige, denn selbst der Gouverneur, der ihn anläßlich seines Übertritts zur Staatskirche gesehen hatte, habe seine Schönheit mit großem Wohlgefallen bemerkt und dem Stadtoberhaupt geraten, auf ihn, Pimen, zurückzugreifen, wenn es gelte, durchreisenden hohen Persönlichkeiten auf einem silbernen Tablett Brot und Salz entgegenzubringen. Würde man aber einen Gezeichneten mit einer solchen Aufgabe betrauen? Ich hatte keine Lust, mir sein eitles Geschwätz noch länger anzuhören, drehte mich um und ging weg.

Damit trennten wir uns. Pimens Makel wurde in der Folgezeit immer deutlicher sichtbar, und auch bei uns mehrten sich die Zeichen. So geschah es, daß im Herbst, als der Fluß eben zugefroren war, plötzlich Tauwetter einsetzte und das Eis schmolz. Die Fluten bedrohten unsere Häuser, viel Schaden wurde angerichtet, und schließlich stürzte gar einer der Granitpfeiler, vom Wasser unterspült, in die Tiefe. Die Arbeit mehrerer Jahre war zunichte gemacht, die viele Tausende gekostet hatte.

Dieses Ereignis bereitete unseren englischen Vorgesetzten große Sorgen, und man legte dem obersten Bauleiter, Jakow Jakowlewitsch, nahe, uns Altgläubige zur Vermeidung weiteren Unheils von der Baustelle zu entfernen. Dieser, ein Mann von edler Gesinnung, hörte jedoch nicht auf solche Einflüsterungen, er rief vielmehr Luka Kirilow und mich zu sich und sagte: ›Gebt ihr mir einen Rat, Kinder: Was kann ich tun, um euch zu helfen und euer Leid zu lindern?‹

Doch wir erwiderten, daß niemand uns trösten und unsere Not abwenden könne, solange das für uns heilige

Antlitz des Engels, der uns bisher stets den rechten Weg geführt habe, von dem Brandmal verunziert sei.

›Was gedenkt ihr zu tun?‹ fragte er.

›Wir hoffen, ihn eines Tages unbemerkt zu vertauschen und sein reines Gesicht von dem Siegel zu befreien, das ihm ein gottloser Beamter schändlicherweise aufgedrückt hat.‹

›Warum hängt ihr denn so an ihm? Könnt ihr euch nicht einen anderen beschaffen?‹

›Wir hängen an ihm‹, erwiderten wir, ›weil er uns immer beschützt hat, und einen gleichwertigen werden wir nirgends finden, weil er in glaubensfesten Zeiten von frommer Hand gemalt und von einem unserer alten Priester nach dem vollständigen Ritual des Pjotr Mogila geweiht worden ist. Heute aber haben wir keine Priester mehr und auch nicht dieses alte Ritual.‹

›Wie wollt ihr aber das Siegel entfernen?‹ fragte er weiter. ›Es ist doch tief in sein Antlitz eingebrannt!‹

›Nun, in dieser Hinsicht können Euer Gnaden ganz beruhigt sein‹, entgegneten wir. ›Ist der Schutzengel erst einmal in unserer Hand, dann wird er sich schon behaupten. Schließlich hat ihn nicht irgendein Handwerksmeister hergestellt, um mit ihm Handel zu treiben, sondern er ist eine echte Stroganower Arbeit. Dem Stroganower Firnis kann, genau wie dem Kostromaer, nicht einmal das Brandeisen etwas anhaben, er schützt die zarten Farben selbst vor dem Siegellack.‹

›Seid ihr dessen sicher?‹

›Ganz sicher, Herr, dieser Firnis ist so fest wie der alte russische Glaube.‹

Jakow Jakowlewitsch gab seinen Unmut darüber zu erkennen, daß man ein solches Kunstwerk nicht besser hütete. Dann reichte er uns die Hand und sagte:

›Nun laßt nicht immerfort den Kopf hängen! Ich helfe euch, wir werden eueren Engel schon rausholen. Braucht ihr ihn lange?‹

›Nein‹, antworteten wir, ›nur für kurze Zeit.‹

›Ich sage einfach, daß ich für eueren gesiegelten Engel kostbare goldene Beschläge anfertigen lassen will, und wenn ich ihn habe, dann tauschen wir ihn hier gegen eine Imitation aus. Gleich morgen werde ich die Sache in die Wege leiten.‹

Wir dankten, erwiderten aber:

›Unternehmen Sie bitte morgen noch nichts, Herr, und übermorgen auch nicht.‹

›Warum denn?‹ fragte er.

Wir antworteten:

›Weil wir für den Tausch vor allem eine Ikone brauchen, die der echten aufs Haar gleicht, und einen Meister, der eine solche anfertigen könnte, gibt es hier nicht, wir müssen ihn von weit her holen.‹

›Unsinn‹, erwiderte er. ›Ich werde euch aus der Stadt einen Künstler beschaffen, der nicht nur ausgezeichnete Kopien anfertigt, sondern auch sehr schöne Porträts malt.‹

›Nein, Herr‹, entgegneten wir, ›tun Sie das bitte nicht, denn erstens würde dieser weltliche Künstler vielleicht am falschen Ort darüber reden, und zweitens ist ein gewöhnlicher Maler einer solchen Aufgabe nicht gewachsen.‹

Der Engländer bezweifelte das, und so trat ich vor und erklärte ihm den Unterschied. Die weltlichen Maler, sagte ich, beherrschen diese Kunst nicht: Sie verwenden Ölfarben, während die wahren Meister mit ganz zarten, in Eiweiß angerührten Farben arbeiten; dadurch wird in der modernen Malerei jeder Pinselstrich so grob, daß die Bilder erst aus einiger Entfernung natürlich wirken, die Linien der alten Ikonenmaler aber sind so gestochen scharf, daß man selbst aus nächster Nähe alles deutlich erkennt. Überdies, fuhr ich fort, wird ein weltlicher Künstler auch bei der Zeichnung nicht das Richtige treffen, da er nur wiederzugeben versteht, was dem irdischen, dem Erdenleben verhafteten Körper des Menschen eigen ist, wohingegen die heilige russische Ikonenmalerei die himmlischen Züge des Individuums zeigt, von denen der materielle Mensch gar keine rechte Vorstellung haben kann.

Jakow Jakowlewitsch hörte aufmerksam zu. Er fragte:

›Wo gibt es denn noch Meister, die so zu malen verstehen?‹

›Sie sind heute sehr selten geworden‹, berichtete ich. (Damals lebten solche Ikonenmaler zudem streng im Verborgenen.) ›In der Siedlung Mstjora wohnt einer, der Meister Chochlow, doch der ist schon so alt, daß man ihm die weite Reise nicht zumuten kann; in Palech gibt es zwei, aber die würden wohl ebenfalls kaum kommen. Außerdem wären weder der Meister aus Mstjora noch die aus Palech für uns von Nutzen.‹

›Warum denn nun wieder nicht?‹ fragte der Engländer.

›Weil sie einen anderen Stil haben‹, erwiderte ich. ›Bei den Malern aus Mstjora ist die Zeichnung zu schwerfällig und der Strich zu undeutlich, und in Palech wird zuviel Blau verwendet, die Bilder von dort haben einen türkisfarbenen Ton.‹

›Was ist also zu tun?‹

›Ich weiß es selbst nicht‹, antwortete ich. ›In Moskau soll noch ein guter Meister leben, er heißt Silatschow, seinen Namen kennt ebenfalls jeder Altgläubige in ganz Rußland, doch er folgt mehr der Nowgoroder und der führenden Moskauer Malweise, während unsere Ikone in Stroganower Art gearbeitet ist, mit sehr hellen und kräftigen Farben. Wahrscheinlich kann uns nur der Meister Sewastjan helfen, der unten an der Flußmündung zu Hause ist, aber den findet man schwer: Er zieht durch ganz Rußland und arbeitet allerorts für die Altgläubigen, man weiß nie, wo man ihn suchen soll.‹

Der Engländer hörte sich alle meine Worte mit Vergnügen an, er lächelte und sagte dann:

›Ihr seid ja wirklich recht wunderliche Leute. Es ist eine wahre Freude zu hören, wie gut ihr über alles, was euch angeht, Bescheid wißt, sogar über die Kunst.‹

›Weshalb sollten wir nicht, Herr‹, erwiderte ich. ›Hier geht es um eine göttliche Kunst, und die hat unter uns so viele Freunde, daß selbst einfache Bauern nicht nur sämtliche Schulen wie die Ustjuger, die Nowgoroder, die Moskauer oder die Wologdaer, die Sibirische oder die Stroganower fehlerlos voneinander zu unterscheiden wissen, sondern selbst die einzelnen bekannten alten Meister innerhalb dieser Richtungen.‹

›Kann man das denn?‹ fragte er.

›Aber ja‹, erwiderte ich. ›So wie Sie die Handschrift eines Menschen erkennen, sehen unsere Bauern einem Heiligenbild sofort an, wer es gemalt hat: Kusma, Andrej oder Prokofi.‹

›Und woran?‹

›Der Unterschied liegt in der Zeichnung und in den Farben, in der Bildaufteilung, im Gesichtsausdruck der Figuren und in ihrer Haltung.‹

Er hörte mir weiter zu, und so erzählte ich ihm, was ich über einige Ikonenmaler wußte, über Uschakow, über Rubljow und über den ältesten russischen Meister, Paramschin, dessen Werke unsere frommen Zaren und Fürsten als einen Gottessegen an ihre Kinder vererbten, wobei sie ihnen in ihrem Testament ans Herz legten, diese Kostbarkeiten zu hüten wie ihren Augapfel.

Der Engländer holte sogleich sein Notizbuch hervor und bat mich, die Namen der Meister zu wiederholen und ihm zu sagen, wo man ihre Arbeiten sehen könne. Doch ich antwortete:

›Die werden Sie vergeblich suchen, Herr, es ist nichts von ihnen geblieben.‹

›Wo sind sie denn hingeraten?‹

›Ich weiß es nicht‹, erwiderte ich. ›Vielleicht hat man

Pfeifenrohre daraus gedreht oder von Ausländern Tabak für sie eingehandelt.‹

›Das ist doch nicht möglich‹, entgegnete er.

›Doch‹, antwortete ich, ›man kann so etwas durchaus vermuten, es gibt sogar Beispiele dafür: Beim Papst im Vatikan zu Rom befindet sich ein Klappbild, das unsere russischen Ikonenmaler Andrej, Sergej und Nikita im dreizehnten Jahrhundert geschaffen haben. Die Miniatur, auf der mehrere Figuren dargestellt sind, ist so schön, daß die bedeutendsten ausländischen Maler angesichts dieser wunderbaren Schöpfung in helle Begeisterung gerieten, wie man sagt.‹

›Und wie ist sie nach Rom gelangt?‹

›Peter der Erste schenkte sie einem ausländischen Mönch, und der hat sie verkauft.‹

Der Engländer lächelte nachdenklich. Dann sagte er leise, daß man in England selbst das kleinste Bild sorgsam hüte und eine Generation es der anderen vererbe, so daß es sogar Zeugnis von der Herkunft seines Besitzers ablegen könne.

›Nun‹, versetzte ich, ›bei uns herrschen da andere Bräuche. Hier ist man bemüht, das Althergebrachte zu verschütten, damit alles neu aussehe, als sei das gesamte Geschlecht der Russen gestern erst aus dem Ei gekrochen.‹

›Aber wenn ihr nun schon solche barbarischen Bräuche habt, weshalb seid ihr, die ihr die Liebe zur Volkskunst bewahrt habt, nicht darauf bedacht, sie zu fördern?‹

›Es gibt keine Vertreter dieser alten Malerei mehr, gnädiger Herr‹, erwiderte ich. ›In den heutigen Kunstrichtungen zeigt sich eine allgemeine Verflachung der Gefühle, und der Verstand ordnet sich der Eitelkeit unter. Der Typ des selbstlosen begnadeten Künstlers ist verschwunden, jeder denkt nur in irdischen Maßstäben und ergibt sich den Leidenschaften dieser Welt. Unsere neuesten Maler bilden heute schon den Erzengel Michail mit dem Gesicht

Dreieinigkeit, 1411
Andrej Rubljow (etwa 1370-1430)

des Fürsten Potjomkin von Taurien ab, ja sie malen gar den Erlöser Jesus Christus als Juden. Was soll man von solchen Leuten erwarten? Ihr fühlloses Herz treibt diese Unbeschnittenen vielleicht noch zu ganz anderen Dingen, die sie uns als etwas Göttliches anbieten! Im alten Ägypten hielt man ja auch einen Stier und eine rotgefiederte Zwiebel für Gottheiten. Doch wir huldigen fremden Göttern nicht, und einen Christus mit jüdischen Zügen erkennen wir nicht an; deshalb halten wir derlei Darstellungen, so kunstvoll sie auch sein mögen, für eine unzüchtige Flegelei, von der wir uns abwenden, denn wir wissen von unseren Vätern, daß eine bloße Augenweide den Verstand trübt wie ein beschädigtes Rohr das Quellwasser!‹

Damit schloß ich und schwieg, doch der Engländer sagte: ›Fahre fort, denn deine Ansichten gefallen mir!‹

Ich antwortete: ›Weiter habe ich nichts zu sagen.‹

Er aber forderte: ›Nein, erzähl mir noch, was ihr unter einer begnadeten Darstellung versteht!‹

Das, ihr Herren, ist für einen einfachen Menschen eine recht schwierige Frage, doch ich mußte sie wohl oder übel beantworten. So sprach ich von der Abbildung des Sternenhimmels in Nowgorod, und danach beschrieb ich das Gemälde in der Sophienkathedrale zu Kiew, auf dem zu beiden Seiten des Gottes Zebaoth sieben geflügelte Erzengel stehen, die natürlich nicht dem Fürsten Potjomkin ähneln. Vor dem erhöhten Thron, auf einer Treppe, sieht man die Propheten und die Patriarchen; eine Stufe tiefer Moses mit der Gesetzestafel, unter ihm Aaron mit der Mitra und dem grünenden Stab, darunter König David mit der Krone, der Prophet Jesaja mit einer Schriftrolle, Hesekiel mit der verschlossenen Pforte und Daniel mit dem Stein. Neben diesen heiligen Fürsprechern aber, die uns den Weg in den Himmel weisen, erblickt man die Symbole der Gaben, mit denen der Mensch den steilen Weg der Gnade zu beschreiten vermag: das Buch mit den sieben Siegeln – die Gabe der Weisheit, einen siebenarmigen Leuchter – die Gabe der Vernunft, sieben Augen – die Gabe des ratenden Beistandes, sieben Posaunen – die Gabe der Standhaftigkeit, eine rechte Hand zwischen sieben Sternen – die Gabe des Sehens, sieben Räuchergefäße – die Gabe der Frömmigkeit, und sieben Blitze – die Gabe der Gottesfurcht. ›Ein solches Bild führt den Beschauer zu himmlischen Höhen empor‹, sagte ich.

Doch der Engländer erwiderte:

›Verzeih, mein Lieber, aber ich verstehe nicht ganz, wieso du es für so erhebend hältst.‹

›Weil es unmittelbar die Seele anspricht‹, sagte ich, ›und ihr verkündet, daß der Christ beten und danach dürsten soll, sich zu Gottes unbeschreiblichem Ruhm von der Erde zu lösen!‹

›Aber das tut doch auch die Heilige Schrift und jedes Gebet.‹

›O nein‹, erwiderte ich. ›Die Schrift zu verstehen ist nicht jedem gegeben, und wer sie nicht begreift, dem erschließt auch das Gebet nicht immer den rechten Weg: Manch einer denkt bei der Verheißung der »großen und reichen Gnade« an Geld und betet aus Habgier. Sieht er aber die himmlische Glorie bildlich dargestellt, dann erschaut er den höchsten Sinn des Lebens unmittelbar, und er begreift, wie er das Ziel zu erreichen vermag, denn hier ist alles einfach und verständlich: Der Mensch muß für seine Seele zunächst die Gabe der Gottesfurcht erbeten, dann wird er sogleich erleichtert von Stufe zu Stufe emporsteigen und sich mit jedem Schritt den ganzen Reichtum weiterer Gaben aneignen, Geld jedoch wie auch jeder andere irdische Glanz wird ihm nun im Gebet als Frevel vor dem Herrn erscheinen.‹

Hier erhob sich der Engländer von seinem Platz und sagte frohgelaunt: ›Und was erbetet ihr für euch, ihr sonderbaren Leute?‹

Ich erwiderte: ›Wir bitten Gott um ein christliches Lebensende und um ein mildes Urteil beim Jüngsten Gericht.‹

Jakow Jakowlewitsch lächelte und zog an einer goldgewirkten Schnur, die einen grünen Vorhang öffnete. Wir erblickten plötzlich seine Gemahlin, eine Engländerin, die in einem Sessel saß und bei Kerzenlicht mit langen Nadeln etwas strickte. Sie war eine sehr schöne Frau, stets freundlich, und obwohl sie unsere Sprache nicht sonderlich gut beherrschte, verstand sie doch alles. Wahrscheinlich hatte sie unserem Gespräch mit ihrem Gatten über unsere Religion beiwohnen wollen.

Und was glauben Sie? Als sich der Vorhang öffnete, der sie bislang verborgen hatte, stand sie sofort auf, als sei sie erschrocken. Sie kam auf Luka und mich zu, streckte uns einfachen Männern mit einer herzlichen Gebärde ihre zarten Hände entgegen und sagte mit Tränen in den Augen: ›Gute Menschen, gute russische Menschen!‹

Luka und ich küßten ihr für diese wohlgemeinten Worte die Hand, und sie berührte mit ihren Lippen unsere Bauernschädel.«

Der Erzähler hielt einen Augenblick inne und wischte mit dem Ärmel rasch über seine Augen. Dabei flüsterte er: »Eine rührende Frau!«

Dann faßte er sich und fuhr fort:

»Nach diesem gütigen Beweis ihres Wohlwollens redete sie eine Zeitlang in ihrer Sprache auf ihren Mann ein. Wir verstanden sie nicht, doch ihre Stimme entnahmen wir, daß sie etwas für uns erbat. Jakow Jakowlewitsch, der sich offensichtlich über die Herzensregung seiner Frau freute, sah sie an, strahlend vor Stolz, strich ihr ein paarmal über den Kopf und sagte etwas, das uns wie Taubengurren klang: Good, good, oder wie das auf englisch heißt. Man sah jedenfalls, daß er sie lobte und ihrer Bitte zustimmte.

Dann trat er an sein Schreibpult, nahm zwei Hundertrubelscheine heraus und sagte: ›Hier, Luka, nimm das: Mach dich auf den Weg und suche den geschickten Heiligenbildmaler, den ihr braucht, damit er euch in euerer Angelegenheit helfe. Er soll auch für meine Frau etwas malen, sie möchte gern eine Ikone nach euerem Geschmack unserem Sohn schenken, deshalb gibt sie euch für alle Mühen und Ausgaben dieses Geld.‹

Die Engländerin lächelte unter Tränen und erklärte rasch: ›Nein, nein, das ist von ihm, ich gebe euch noch was.‹ Damit lief sie zur Tür hinaus, und bald darauf kehrte sie mit einem dritten Hunderter zurück. ›Mein Mann hat es mir für ein Kleid gegeben‹, sagte sie, ›aber ich möchte kein Kleid haben, ich schenke es euch.‹

Wir sträubten uns natürlich, doch sie wollte nichts hören und rannte einfach davon. Jakow Jakowlewitsch sagte: ›Laßt ihr die Freude und nehmt, was sie euch gibt.‹ Damit drehte er sich plötzlich zur Wand und befahl: ›Und nun macht, daß ihr fortkommt, ihr wunderlichen Kerle!‹

Wir nahmen ihm diesen Hinauswurf natürlich keineswegs übel, denn wir hatten sehr wohl bemerkt, daß er nur die ihn überkommende Rührung vor uns zu verbergen trachtete.

So geschah es, ihr Herren, daß wir in einer Zeit, in der die eigenen Landsleute uns verurteilten, durch einen Engländer getröstet und mit neuem Glaubenseifer beseelt wurden wie durch die heilige Taufe.

Nun aber, meine Herren, beginnt der zweite Teil meiner Geschichte, und ich möchte Ihnen kurz schildern, was ich in Begleitung unseres ›silbergezäumten‹ Lewonti auf der Suche nach einem geeigneten Ikonenmaler erlebte, welche Orte wir berührten, was für Menschen wir sahen, welche neuen Wunder uns widerfuhren, was wir fanden, was wir verloren und womit wir schließlich heimkehrten.«

X

»Das wichtigste für einen Reisenden ist der Weggenosse: In Gesellschaft eines guten und verständigen Gefährten lassen sich selbst Kälte und Hunger leichter ertragen. Mir war das Glück beschieden, in dem erwähnten Lewonti, einem klugen und liebenswerten Jungen, eben einen solchen Begleiter zur Seite zu haben. Zu Fuß machten wir uns auf den Weg, jeder einen kleinen Ranzen auf dem Rücken. Wir hatten eine beträchtliche Summe Geldes bei uns und führten zu ihrem Schutz, wie auch zur eigenen Sicherheit, den alten, einseitig geschliffenen kurzen Säbel mit, der von jeher in unserer Mannschaft für den Fall der Gefahr aufbewahrt wurde. Nach außen hin traten wir als Händler auf und schützten, wo es notwendig wurde, Geschäfte vor, im Grunde aber verfolgten wir natürlich unser eigentliches Ziel. Zunächst begaben wir uns nach Klinzy und nach Slynka, danach suchten wir einige unserer Glaubensbrüder in Orjol auf, doch nirgends war uns Erfolg beschieden, das heißt, es gelang uns nicht, gute Ikonenmaler zu finden, und so zogen wir nach Moskau. Aber ich muß sagen: O weh, Moskau, des alten Russentums ruhmreiche Zarin – wir, die Verfechter des alten Glaubens, fanden bei dir keinen Trost!

Ich spreche nicht gern davon, aber es läßt sich nicht verschweigen: Wir fanden in Moskau nicht den Geist, nach dem unsere Seele dürstete. Es zeigte sich, daß unsere guten alten Sitten hier nicht mehr auf edler Gesinnung und Frömmigkeit beruhten, sondern allein der Starrsinn sie noch am Leben hielt. Davon überzeugten wir uns mit jedem Tag mehr, und wir begannen uns bald voreinander zu schämen, sahen wir doch Dinge, die jedem rechtschaffenen Altgläubigen das Herz schwer machen mußten. Dennoch vermieden wir es, darüber zu reden.

Ikonenmaler gab es natürlich in Moskau, sogar höchst

kunstfertige, doch was nützte das, wenn sie nicht in dem von unseren Glaubensvätern überlieferten Geist lebten? Ehedem hatten die frommen Meister gefastet und gebetet, bevor sie an ein heiliges Werk gingen, sie hatten ohne Rücksicht auf den zu erwartenden Lohn nach bestem Können gearbeitet, wie es sich bei einer so erhabenen Sache gehört. Die neuen Künstler aber malten mit kostbaren Farben für den einen Auftraggeber, mit billigen für den anderen; sie schufen nichts Dauerndes, sondern dachten nur an den nächsten Tag. Den Grund legten sie mit Kreide statt mit dem festeren Alabaster, und die Farben trugen sie aus Bequemlichkeit nur einmal auf, nicht wie die alten Meister vier- oder gar fünfmal in wasserdünner Lösung, wodurch jene wunderbare Zartheit erreicht wurde, die man auf den heutigen Bildern vergebens sucht. So wie die Sorgfalt in der Kunst der neuen Maler schwand, ließ auch ihre Geisteshaltung allmählich zu wünschen übrig: Einer tat sich vor dem anderen groß, und man scheute nicht einmal davor zurück, seinen Nächsten schlechtzumachen. Noch schlimmer aber war, daß sie sich zu Gruppen zusammenrotteten und gemeinsam die gerissensten Betrügereien verübten. Sie versammelten sich in den Schenken, tranken Schnaps und priesen überheblich ihre Kunst; die Arbeiten derer aber, die sich ihnen nicht anschlossen, bezeichneten sie gotteslästerlich als Teufelswerk. Antiquitätenhändler waren ständig um sie herum wie die Spatzen um die Eulen. Man steckte sich alte Ikonen zu, es wurde getauscht, untergeschoben, gefälscht; neue Bilder wurden zum Altern in den Rauch gehängt, man machte Risse und bohrte Wurmlöcher. Aus Kupfer goß man Klappbilder, die aussahen wie die echten getriebenen; antike Emaillearbeiten wurden imitiert, Schüsseln verwandelte man in Taufbecken, auf die man auch noch den alten Staatsadler lötete, wie es zur Zeit Iwans des Schrecklichen üblich war, und man verkaufte sie als

Fürst Skopin-Schujski
17. Jahrhundert, Moskauer Schule

Becken aus jener Zeit, obwohl davon in Rußland schon unzählige Stücke existierten – alles Gaunerei und schamlose Lüge. Kurz, diese Leute betrogen wie die Roßtäuscher unter den Zigeunern, und das mit Heiligtümern. Ihr Verhalten trieb uns die Schamröte ins Gesicht, denn wir erkannten in alldem die Sünde, die Sittenverderbnis und die Lästerung des Glaubens. Wer diese Widerwärtigkeiten schon gewohnt war, fand jedoch gar nichts dabei, und viele unserer Glaubensbrüder, die etwas von Kunst verstanden, sahen dem unlauteren Handel wohlwollend zu, ja sie amüsierten sich sogar, wenn man diesem oder jenem eine Christus-Imitation, einen frisierten Nikolai-Adler oder eine gefälschte Muttergottes angedreht hatte. Es war für sie nichts Ungewöhnliches, daß die Maler miteinander und gegeneinander wetteiferten, unerfahrene Käufer von heiligen Darstellungen möglichst geschickt übers Ohr zu hauen. Lewonti und mir aber, die wir beide gottesfürchtige Burschen vom Lande waren, erschien dieses Verhalten so ungebührlich, daß uns angst und bange wurde.

Ist es denn mit unserem unglücklichen alten Glauben schon so weit gekommen? dachten wir. Ich machte mir große Sorgen, und ich sah, daß auch Lewonti in seinem Herzen bittere Überlegungen anstellte. Zwar gestanden wir einander unseren Kummer nicht ein, doch ich bemerkte, daß der gute Junge immer mehr die Einsamkeit suchte.

Als ich ihn einmal so betrachtete, dachte ich bei mir: Er wird doch in seiner Verwirrung nicht auf unrechte Gedanken kommen? und sagte zu ihm: ›Was hast du denn, Lewonti, quält dich etwas?‹

Er antwortete:

›Nein, es ist nichts.‹

›Geh mit mir zur Eriwaner Schenke in der Bosheninstraße. Ich bin dort mit zwei Heiligenbildmalern verabredet, sie wollen ein paar alte Ikonen mitbringen. Eine habe ich schon gekauft, und ich möchte heute noch eine erwerben.‹

Doch Lewonti erwiderte:

›Nein, Onkelchen, geh bitte allein, ich möchte nicht mitkommen.‹

›Aber warum denn nicht?‹ fragte ich.

›Ach weißt du‹, antwortete er, ›ich fühle mich heute nicht recht wohl.‹

Ich redete auf ihn ein und sagte schließlich noch einmal: ›Na komm, Lewonti, geh mit, Junge!‹

Doch er verneigte sich vor mir und flehte fast:

›Nein, mein liebes Onkelchen, ich bitte dich herzlich, laß mich hier!‹

›Aber was soll denn das heißen, Lewonti? Du bist mir doch als Helfer beigegeben worden, und nun sitzt du nur immerfort zu Hause! So bist du mir keine große Hilfe, mein Lieber!‹

Da rief er: ›Oh, verehrter Mark Alexandrytsch, Väterchen, führ mich nicht dorthin, wo man sich den Bauch vollschlägt und Branntwein trinkt und ungehörig über heilige Dinge redet, ich könnte in Versuchung geraten!‹

Es war das erstemal, daß er über seine Gefühle sprach, und seine Worte trafen mich mitten ins Herz. Ich stritt jedoch nicht mit ihm, sondern ging allein. Am gleichen Abend hatte ich ein langes Gespräch mit den beiden Ikonenmalern und wurde am Ende bitter von ihnen gekränkt. Es widerstrebt mir geradezu, Ihnen zu erzählen, was sie mir antaten. Der eine verkaufte mir ein Heiligenbild für vierzig Rubel und verschwand. Da sagte der andere:

›Ich rate dir, dich vor dieser Ikone nicht zu verneigen, mein Lieber!‹

›Warum?‹ fragte ich.

Er antwortete: ›Weil es Teufelswerk ist.‹

Er kratzte mit dem Fingernagel ein wenig in einer Ecke

des Bildes; die Farbe blätterte ab, und ich erblickte auf dem Grund einen kleinen geschwänzten Teufel. Der Maler löste noch an einer anderen Stelle die Farbschicht, und wieder kam darunter ein kleiner Teufel zum Vorschein.

›Mein Gott!‹ rief ich erschrocken. ›Was hat denn das zu bedeuten?‹

›Das hat zu bedeuten‹, erwiderte er, ›daß du lieber bei mir kaufen solltest.‹

Nun begriff ich, daß die beiden unter einer Decke steckten und miteinander verabredet hatten, mir diesen üblen Streich zu spielen. Ich warf die Ikone auf den Tisch und ging meiner Wege, Tränen in den Augen und Gott dankend, daß diesen Vorfall nicht Lewonti mit angesehen hatte, dessen Glauben ohnehin auf eine harte Probe gestellt war.

Als ich nach Hause kam, brannte in der kleinen Stube, die wir gemietet hatten, kein Licht, dafür vernahm ich leisen Gesang, und ich erkannte sofort Lewontis schöne Stimme. Er sang mit so innigem Gefühl, daß jedes Wort in Tränen gebadet schien. Ich trat behutsam ein, um ihn nicht zu stören, blieb an der Tür stehen und lauschte seinem Lied. Es war die Josephsklage.

Wem soll ich meine Trauer künden,
wen rufe ich, mit mir zu klagen?

Diese Verse – ich weiß nicht, ob Sie sie kennen – sind an sich schon so ergreifend, daß man sie nicht ohne Gemütsbewegung anhören kann; Lewonti aber sang sie unter Tränen und offensichtlich mit innerer Anteilnahme.

Meine Brüder haben mich verkauft!

Und er weinte, als stünde er am Grab seiner Mutter; die Erde rief er an, in seine Wehklagen über die Sünde seiner Brüder einzustimmen.

Die Worte dieses Liedes vermögen jeden Menschen zu

Geburt Christi
15. Jahrhundert, Nowgorod

jedem Zeitpunkt tief zu ergreifen – wie mußten sie da erst mich erschüttern, der ich in diesem Augenblick von meinen verderbten Brüdern zurückkehrte! Ich schluchzte laut auf. Als Lewonti mich hörte, verstummte er sofort und rief:

›O Mark Alexandrytsch, Väterchen!‹

›Ja, mein guter Junge‹, sagte ich.

›Weißt du‹, fuhr er fort, ›wer die Mutter in diesem Lied ist?‹

›Rahel‹, erwiderte ich.

›Nein‹, sagte er, ›sie war es früher, doch heute hat das Wort einen verborgenen tieferen Sinn.‹

›Wieso?‹ fragte ich.

›Nun‹, erwiderte er, ›es ist in übertragener Bedeutung gemeint.‹

›Mein lieber Junge‹, sagte ich, ›nehmen deine Gedanken da nicht eine gefährliche Richtung?‹

›Nein‹, antwortete er, ›ich fühle, daß der Erlöser uns dieses Kreuz auferlegt, weil wir ihn nicht mit einigem Mund und einigem Herzen suchen.‹

Ich erschrak noch mehr, als ich merkte, welche Richtung seine Gedanken nahmen, und sagte:

›Weißt du was, Lewontjuschka: Wir wollen dieses Moskau so schnell wie möglich verlassen und in die Gegend von Nishegorod gehen, um den Ikonenmaler Sewastjan aufzuspüren. Er hält sich zur Zeit dort auf, habe ich gehört.‹

›Ja, laß uns aufbrechen‹, erwiderte er. ›Hier in Moskau quält mich ein Kleinmut, der mich krank macht, da draußen aber finden wir weite Wälder und reinere Luft. Außerdem soll dort der Vater Pamwa wohnen, der Einsiedler ohne Neid und Zorn, den ich gern sehen möchte.‹

›Dieser Pamwa‹, versetzte ich streng, ›ist ein Diener der herrschenden Kirche, wir haben keinen Grund, ihn aufzusuchen.‹

›Was schadet das?‹ entgegnete Lewonti. ›Gerade deshalb würde ich gern zu ihm gehen, denn er kann uns sagen, welcher Art der Segen der herrschenden Kirche ist.‹

Ich rügte ihn und erklärte, hier könne von Segen überhaupt keine Rede sein, aber ich spürte, daß er gerechter war als ich, weil er der Sache auf den Grund gehen wollte, während ich etwas verwarf, das ich gar nicht kannte. Dennoch blieb ich hartnäckig bei meinem Widerstand; was ich ins Feld führte, war jedoch nichts als Torheit.

›Die Anhänger der Staatskirche‹, sagte ich, ›betrachten nicht einmal den Himmel mit dem rechten Glauben. Sie folgen dem »Tor des Aristoteles«, und auf dem Meer orientieren sie sich nach dem Gestirn des heidnischen Gottes Remphan. Willst du das etwa auch tun?‹

Aber Lewonti antwortete: ›Das sind Märchen. Es gibt keinen Gott Remphan, und es hat ihn nie gegeben. Die Welt ist allein durch die Allweisheit des einen Schöpfers erschaffen worden.‹

Sein kluger Einwand machte mich noch unbedachter, und ich sagte:

›Die von der Staatskirche trinken Kaffee!‹

›Warum sollten sie nicht?‹ erwiderte Lewonti. ›Kaffee ist doch bloß eine Bohnenart; schon König David ist damit beschenkt worden.‹

›Woher weißt du denn das alles?‹ fragte ich.

›Ich habe es in Büchern gelesen‹, sagte er.

›Weißt du auch, daß in den Büchern nicht alles geschrieben steht?‹

›Was denn zum Beispiel nicht?‹ fragte er.

›Wie? Was nicht in den Büchern steht?‹ Ich wußte nun schon gar nicht mehr, was ich noch vorbringen sollte, und so platzte ich heraus: ›Die Kirchenleute essen Hasen, der Hase aber ist ein unreines Tier!‹

›Sag das nicht‹, parierte er, ›du versündigst dich an der von Gott erschaffenen Kreatur!‹

›Und doch sage ich es‹, erwiderte ich. ›Der Hase ist ein ekelhaftes Geschöpf, denn er hat Eselsohren, er ist ein Zwitter, und sein Genuß macht des Menschen Blut dick und melancholisch!‹

Da lachte Lewonti und sagte: ›Leg dich schlafen, Väterchen, du weißt nicht mehr, was du sprichst!‹

Offen gestanden hatte ich damals noch nicht recht herausgefunden, was in der Seele des guten Jungen vorging, doch ich freute mich, daß er das Gespräch abbrechen wollte, denn ich fühlte im Grunde selbst, wie dumm alle meine Argumente waren. Ich schwieg also und dachte, während ich mich niederlegte: Diese Zweifel rühren alle nur aus seiner trüben Stimmung her; morgen ziehen wir weiter, dann wird er schon wieder zu sich kommen! Immerhin nahm ich mir vor, am nächsten Tag eine Zeitlang nicht mit ihm zu reden, um ihm zu zeigen, daß ich mich sehr über ihn geärgert hatte.

Aber ich bin ein friedfertiger Mensch und bringe es nicht übers Herz, Unmut zu heucheln. Also sprachen wir doch wieder miteinander, allerdings nicht über Gott und die Religion, weil er mir auf diesem Gebiet zu belesen war, sondern über die Umgebung, wofür die mächtigen dunklen Wälder, durch die unser Weg führte, jeden Augenblick neuen Anlaß boten. Unsere Debatte in Moskau bemühte ich mich zu vergessen, ich beschloß lediglich, darauf bedacht zu sein, daß wir nicht tatsächlich dem alten Einsiedler Pamwa begegneten, zu dem es Lewonti so sehr hinzog und über dessen weltentrücktes Leben auch ich von Anhängern der Staatskirche allerlei Wunderdinge gehört hatte. Warum sich unnötige Gedanken machen? überlegte ich mir. Ich gehe ihm einfach aus dem Wege; von sich aus wird er uns ja nicht nachspüren!

Und so schritten wir wie vordem friedlich und wohlgemut fürbaß. Am Ende kamen wir in eine Gegend, wo wir erfuhren, daß sich der Ikonenmaler Sewastjan tatsächlich in der Nähe aufhielt. Wir wanderten von Stadt zu Stadt und von Dorf zu Dorf, ihm immer dicht auf den Fersen, trafen ihn jedoch nirgends mehr an. Wie zwei Jagdhunde hetzten wir ihm nach, zwanzig, dreißig Werst legten wir ohne Pause zurück, doch wenn wir ankamen, hieß es: ›Ja, er war hier, aber vor einer Stunde ist er weitergezogen.‹

Wir hinterher, doch vergebens.

Auf einem dieser Märsche geriet ich mit Lewonti unversehens in neuen Streit. Ich sagte: ›Wir müssen uns rechts halten!‹, er aber behauptete: ›Nein, links!‹ Am Ende hatte er mich beinahe überzeugt, ich bestand aber trotzdem auf meiner Ansicht. Wir gingen also nach rechts, liefen jedoch völlig in die Irre, und bald sah ich weder Weg noch Steg.

Ich sagte: ›Laß uns umkehren, Lewonti!‹

Doch er entgegnete: ›Nein, ich kann nicht mehr, Väterchen, ich bin mit meiner Kraft am Ende.‹

Besorgt fragte ich: ›Was hast du denn, Junge?‹

Da antwortete er: ›Siehst du nicht, daß mich ein Fieber gepackt hat?‹

Wahrhaftig, er zitterte am ganzen Leib, und seine Augen flackerten. Sie können sich denken, meine Herren, wie mich diese unerwartete Wendung überraschte. Er hatte sich mit keinem Wort beklagt, war tapfer ausgeschritten, und nun setzte er sich plötzlich ins Gras, legte das Haupt an einen vermoderten Baumstumpf und stöhnte: ›O mein Kopf, mein Kopf! Er brennt wie Feuer! Ich kann nicht mehr, keinen Schritt kann ich mehr tun!‹

Damit sank er völlig in sich zusammen, der Arme.

Ich war zu Tode erschrocken. Der Tag ging zu Ende, und während ich noch wie versteinert wartete, ob Lewonti nicht doch wieder zu sich kommen werde, brach die Nacht herein. Es war Herbst, dunkel, eine unbekannte Gegend, ringsumher nichts als uralte Fichten und Tannen, wie Arekapalmen so hoch, und der Junge sterbenskrank! Was sollte ich tun? Unter Tränen sagte ich zu ihm: ›Lewontjuschka, mein Junge, nimm alle Kraft zusammen, vielleicht finden wir noch ein Nachtlager!‹

Aber er ließ den Kopf hängen wie eine gebrochene Blume und stammelte leise, gleichsam im Traum: ›Laß mich, laß mich, Väterchen Marko, und fürchte nichts.‹

Ich sagte: ›Ach, Lewonti, wie soll man denn in dieser finsteren Einöde keine Angst haben?‹

Und er erwiderte: ›Der dich behütet, schläft nicht!‹

Mein Gott, was geht bloß in ihm vor? überlegte ich. In meiner Furcht lauschte ich auf die Geräusche ringsum, und da hörte ich im Wald etwas knacken. Grundgütiger Himmel, dachte ich, das ist gewiß ein wildes Tier, es wird uns zerreißen! Ich sprach Lewonti nicht mehr an, denn ich sah, daß er sich selbst entrückt war und mir gleichsam entschwebte; ich betete nur: ›Engel Christi, bewahre uns in dieser schrecklichen Stunde!‹ Indes kam das Knacken immer näher, und auf einmal war es ganz nahe. Hier muß ich Ihnen meinen ganzen Kleinmut bekennen, verehrte Herren: Ich war so sehr Sklave meiner Angst, daß ich den kranken Lewonti im Stich ließ und schneller als ein Eichhörnchen auf den nächsten Baum kletterte, wo ich den Säbel zog und, mit den Zähnen klappernd wie ein aufgeschreckter Wolf, der Dinge harrte, die da kommen sollten. Plötzlich sah ich in der Dunkelheit, die ich mit meinen Blicken zu durchdringen suchte, etwas Unförmiges aus den Bäumen treten. Ich konnte zunächst nicht ausmachen, was es war, ein Tier oder ein Räuber, doch dann erkannte ich, daß ich weder das eine noch das andere vor mir hatte, sondern einen auffallend kleinen alten Mann mit einer Kutte, der ein großes Reisigbündel auf dem Rücken schleppte. Ich sah sogar die Axt in seinem Gürtel. Der Greis trat auf die Lichtung und atmete ein paarmal tief, als prüfe er die Luft. Plötzlich schien er den Menschen zu wittern; er warf sein Bündel zur Erde und ging geradenwegs auf meinen Gefährten zu. Er beugte sich nieder, sah ihm ins Gesicht, nahm seine Hand und sagte: ›Steh auf, Bruder!‹

Und was glauben Sie wohl? Er zog Lewonti empor, führte ihn zu seinem Bündel, lud es ihm auf die Schulter und sprach: ›Trage das und folge mir!‹

Lewonti tat es.«

XI

»Sie können sich wohl vorstellen, meine Herren, welche Bestürzung sich angesichts dieses Wunders meiner bemächtigte. Wer mochte dieser Gehorsam heischende unscheinbare Alte sein, und wieso war mein Lewonti, der eben noch fast im Sterben lag und den Kopf nicht heben konnte, auf einmal imstande, das Reisigbündel zu schleppen?

Ich stieg eilends von meinem Baum, hängte mir den Säbel am Riemen über die Schulter, brach für alle Fälle einen handfesten Knüttel ab und lief den beiden nach. Bald hatte ich sie eingeholt. Der Greis ging voran; er sah genauso aus, wie er sich mir bei seinem ersten Anblick gezeigt hatte: klein, der Rücken gebeugt, dazu ein Bart, an den Seiten zerzaust und weiß wie Seifenschaum. Mein Lewonti lief hinter ihm drein und trat festen Schrittes in des Alten Fußtapfen. Er sah mich an, doch obwohl ich ihn mehrfach anredete und ihn sogar mit der Hand berührte, blieb er unbewegt wie ein Schlafwandler.

Da lief ich vor zu dem Alten und rief: ›He, guter Mann!‹

Er antwortete:

›Was willst du?‹

›Wohin führst du uns?‹ fragte ich.

›Ich führe niemanden‹, erwiderte er, ›uns alle führt Gott.‹

Nach diesen Worten machte er plötzlich halt, und ich sah, daß wir vor einem von einer niedrigen Mauer begrenzten Tor standen. In dem Tor befand sich eine kleine Tür, und an diese klopfte der Alte. Dabei rief er: ›Bruder Miron! He, Bruder Miron!‹

Von drinnen antwortete eine grobe Stimme: ›Warum kommst du denn wieder mitten in der Nacht? Schlaf draußen im Wald! Ich lasse dich nicht rein!‹

Doch unser Begleiter verlegte sich aufs Bitten und sagte einschmeichelnd: ›Mach doch auf, Bruder!‹

Der Polterer öffnete unversehens die Tür, und ich sah, daß er die gleiche Kutte trug wie der Alte. Er zeigte sich auch jetzt als unglaublicher Grobian: Kaum hatte der Greis den Fuß über die Schwelle gesetzt, da versetzte ihm der ungehobelte Kerl einen Stoß, der ihn beinahe zu Fall gebracht hätte. Der Alte aber sagte: ›Der Herr segne dich, Bruder, für deinen Dienst.‹

Mein Gott, dachte ich, wo sind wir denn da hingeraten? In diesem Augenblick traf mich die Erkenntnis wie ein Blitzschlag. Barmherziger Christ! War das etwa Pamwa, der Klausner ohne Zorn? Lieber hätte ich in den Schluchten des Waldes den Tod gefunden, lieber wäre ich in eine Bärenhöhle oder in ein Räuberhaus geraten als unter sein Dach!

Indessen geleitete uns der Greis in eine armselige kleine Hütte. Dort entzündete er eine gelbe Wachskerze, und ich erkannte sofort, daß wir uns in der Tat in einer Mönchsklause befanden. Ich vermochte nicht länger an mich zu halten und sagte: ›Verzeiht, frommer Mann, doch ich weiß nicht, ob es meinem Gefährten und mir geziemt, an dem Ort zu verweilen, zu dem du uns geführt hast!‹

Er antwortete:

›Die Erde gehört allein Gott, und alle Lebewesen haben seinen Segen – leg dich hin und schlaf!‹

›Ich muß dir aber sagen‹, fuhr ich fort, ›daß wir dem alten Glauben dienen.‹

›Wir alle sind Glieder an Christi Leib. Er vereint uns.‹

Der Alte wies in eine Ecke, wo auf dem Fußboden mit Hilfe einer Bastmatte und einem strohbedeckten dicken Brett als Kopfkissen ein kärgliches Lager bereitet war, und fügte hinzu, diesmal an uns beide gewandt: ›Dort könnt ihr schlafen!‹

Was blieb uns anderes übrig? Lewonti legte sich sofort nieder wie ein folgsames Kind; ich aber fing in meiner Besorgnis noch einmal an: ›Erlaube mir noch eine Frage, frommer Mann!‹

Er entgegnete:

›Was soll das Fragen: Gott weiß alles.‹

›Nur eins: Wie ist dein Name?‹

Völlig unpassend und entgegen seinem bisherigen Verhalten antwortete er mir mit einem läppischen Kinderverschen: ›Mein Zuhause kenn ich nicht, meinen Namen nenn ich nicht.‹

Nach diesen nichtssagenden Worten nahm er die Kerze und kroch in einen kleinen Verschlag, eng wie ein Brettersarg. Im gleichen Augenblick hörte ich von draußen die Stimme des unverschämten Pförtners:

›Lösch sofort das Licht! Willst du die Zelle anzünden? Deine Bücher kannst du bei Tage lesen, jetzt bete im Dunkeln!‹

›Schon gut, Bruder Miron, ich tu's ja‹, erwiderte der Greis. ›Gott befohlen!‹

Und er blies die Kerze aus.

Ich flüsterte: ›Vater! Wer ist der grobe Kerl, der dich so bedrängt?‹

Er antwortete: ›Mein Diener Miron, ein guter Mensch, er sorgt sich um mich.‹

Kein Zweifel, dachte ich, es ist Pamwa und kein anderer, der Einsiedler ohne Neid und Zorn! Wie konnte mir das passieren? Er hat uns aufgespürt und will uns hier unseren Glauben ausbraten wie einer Gans das Fett! Es bleibt nur eins: Ich muß morgen in aller Frühe Lewonti dazu bringen, heimlich mit mir zu verschwinden, ohne daß er merkt, wo wir die Nacht verbracht haben!

Also beschloß ich, nicht zu schlafen, sondern wach zu bleiben, bei Tagesanbruch den Jungen zu wecken und mit ihm zu fliehen.

Um aber nicht vom Schlummer überwältigt zu werden und zu verschlafen, sprach ich im Liegen immer wieder unser Glaubensbekenntnis vor mich hin, so, wie man es nach den alten Vorschriften sprechen muß. Am Ende fügte ich jedesmal hinzu: ›Dies ist der apostolische Glaube, dies ist der katholische Glaube, dieser Glaube stützt das Weltall!‹ Dann begann ich wieder von neuem. Ich weiß nicht, wie oft ich das tat, jedenfalls hielt ich mich damit lange Zeit wach. Auch der Greis in seinem Brettersarg betete, und mir schien, als brenne Licht in seiner Kammer, denn ich sah durch die Ritzen deutlich, wie er sich verneigte. Dann glaubte ich plötzlich ein Gespräch zu vernehmen, und zwar ein sehr merkwürdiges. Mir war, als sei Lewonti bei dem Alten und rede mit ihm über den Glauben, doch ohne Worte, die beiden sahen einander an und verstanden sich. Dieser Eindruck blieb so lange, daß ich sogar mein Credo darüber vergaß. Am Ende vermeinte ich den Alten sagen zu hören: ›Geh hin und reinige dich!‹, und Lewonti antwortete: ›Ja, ich will es tun!‹ Ich weiß heute noch nicht, ob ich das alles träumte oder ob es wirklich geschah, sicher ist nur, daß ich danach fest geschlafen habe. Als ich endlich erwachte, war es heller Morgen. Der greise Einsiedler, unser Wirt, saß vor mir; er hatte einen Bastschuh auf den Knien, in den er mit einer Ahle Löcher stach. Ich betrachtete ihn.

Welch erhabenes, herzerquickendes Bild! Der Alte glich einem vom Himmel herabgestiegenen Engel, der sich das Schuhwerk für seinen Erdenweg flocht.

Als ich ihn so anschaute, merkte ich, daß auch er mich

betrachtete. Er lächelte und sagte: ›Genug geschlafen, Mark, es ist Zeit, ans Werk zu gehen!‹

Ich erwiderte:

›Was hältst du für mein Werk, frommer Mann? Oder weißt du alles?‹

›Ich weiß‹, sagte er, ›ich weiß. Eine so weite Reise unternimmt niemand ohne Grund. Alle suchen den Weg zu Gott, Bruder. Möge er deiner Demut den rechten Pfad weisen.‹

›Ich kann mich nicht demütig nennen, frommer Mann‹, antwortete ich. ›In dir ist Demut, in mir jedoch nur Eitelkeit!‹

Er aber entgegnete: ›O nein, Bruder, nein, ich bin nicht demütig – ein Unverschämter bin ich, denn ich wünsche mir, des Himmelreichs teilhaftig zu werden.‹ Im Bewußtsein dieses Verbrechens faltete er plötzlich die Hände und weinte wie ein Kind. ›O Herr!‹ betete er. ›Zürne mir nicht ob meines frechen Begehrens, schicke mich in die unterste Hölle und befiehl den Teufeln, mich zu peinigen, wie ich es verdiene!‹

Gott sei Dank, dachte ich, es ist doch nicht Pamwa, der prophetische Einsiedler, sondern einfach ein schwachsinniger alter Mann! Zu diesem Urteil kam ich, weil wohl niemand bei gesundem Verstand den Herrn darum bittet, ihn vom Himmelreich auszuschließen und ewigen Höllenqualen zu überliefern. In meinem ganzen Leben hatte ich einen solchen Wunsch nicht vernommen; ich hielt ihn für eine Geistesverwirrung und fühlte mich von dem Gejammer des Alten abgestoßen, der mir von unreinen Dämonen besessen schien. Am Ende fragte ich mich: Warum liege ich überhaupt noch hier, es ist längst Zeit aufzustehen! Da öffnete sich plötzlich die Tür, und mein Lewonti trat herein, den ich völlig vergessen hatte. Er warf sich dem Alten zu Füßen und sagte: ›Vater, es ist vollbracht, segne mich!‹

Der Greis betrachtete ihn und erwiderte: ›Friede sei mit dir! Geh nun und ruhe dich aus!‹

Der Junge verbeugte sich noch einmal vor ihm bis zur Erde und verließ das Zimmer. Der Einsiedler aber nahm wieder seine Bastschuhe vor.

Jetzt sprang ich auf, ohne länger zu zögern. Ich dachte: Nein, ich muß Lewonti an der Hand nehmen und mit ihm von diesem Ort fliehen, ohne auch nur zurückzublicken! Damit trat ich hinaus unter das Vordach. Der Junge lag ohne Kopfkissen lang ausgestreckt auf einer Bank, die Hände über der Brust gefaltet.

Um den Alten nicht argwöhnisch zu machen, fragte ich laut: ›Weißt du, wo ich hier Wasser finde, um mir das Gesicht zu waschen?‹ Doch leise fügte ich hinzu: ›Ich beschwöre dich beim lebendigen Gott: Laß uns schleunigst von hier verschwinden!‹

Als ich ihn mir aber näher ansah, da entdeckte ich, daß er gar nicht atmete. Er war von hinnen gegangen! Mein Lewonti war tot!

Mit einer mir selbst fremden Stimme schrie ich: ›Pamwa! Vater Pamwa, du hast meinen Jungen umgebracht!‹

Der Greis trat leisen Schrittes auf die Schwelle und sagte froh: ›Unser Lewonti ist davongeflogen!‹

Mich packte der Zorn.

›Ja!‹ erwiderte ich unter Tränen, ›er ist davongeflogen, und du hast seine Seele herausgelassen wie eine Taube aus dem Käfig!‹

Ich stürzte dem Heimgegangenen zu Füßen und weinte, stöhnte untröstlich. Am Abend kamen Mönche aus einem kleinen Kloster; sie wuschen den Leichnam, legten ihn in einen Sarg und trugen ihn fort, denn Lewonti war am selben Morgen, während ich in ohnmächtigem Schlaf gelegen hatte, zur Staatskirche übergetreten.

Mit Vater Pamwa redete ich kein einziges Wort mehr. Was hätte das auch für einen Sinn gehabt? Wer ihn beschimpfte, den segnete er, wer ihn schlug, vor dem verbeugte er sich bis zur Erde. Einem Menschen mit solcher Demut ist nicht beizukommen. Womit sollte man ihn schrecken, da er doch selber für sich die Hölle erflehte? Nicht ohne Grund hatte ich befürchtet, er werde uns unseren Glauben ausbraten wie einer Gans das Fett. Seine Demut hätte selbst die Teufel aus der Hölle vertrieben oder zu Gott bekehrt. Wäre er von ihnen gepeinigt worden, er hätte sie gebeten: Martert mich grausamer, ich habe es verdient! Nein, nein, einer solchen Demut wäre selbst Satanas unterlegen! Er hätte sich die Hände an ihm zerschlagen, sich sämtliche Nägel an ihm ausreißen können und am Ende doch nur beschämt seine Ohnmacht vor dem Schöpfer eingestehen müssen, der eine solche Liebe geschaffen hat.

In mir festigte sich die Überzeugung, daß der Alte mit den Bastschuhen der Hölle zum Verderben bestimmt war. Ich irrte die ganze Nacht durch den Wald, ohne zu wissen, weshalb ich eigentlich nicht weiterwanderte, und dachte in einem fort: Was mag er wohl für Gebete sprechen, aus welchen Büchern seinen Glauben schöpfen! Mir fiel ein, daß ich nicht ein einziges Heiligenbild bei ihm gesehen hatte, lediglich ein Kreuz aus zwei mit Bast zusammengebundenen Stöcken; und auch dicke Bücher besaß er nicht. Mein Gott, überlegte ich, wenn die Staatskirche nur zwei solche Menschen hat, dann sind wir verloren, denn dieser Greis ist ganz und gar von der Liebe beseelt!

Immer weiter sann ich über ihn nach, und gegen Morgen packte mich plötzlich das Verlangen, ihn noch einmal zu sehen, bevor ich weiterzog, und sei es nur für einen Augenblick.

Der Gedanke war mir kaum gekommen, da hörte ich es im Walde knacken, und Vater Pamwa trat mit Beil und Holzbündel aus den Bäumen. Er sagte: ›Warum bist du noch hier? Eile, dein Babylon zu errichten!‹

Mir schienen seine Worte sehr bitter, und ich erwiderte: ›Warum tadelst du mich so hart, Alter? Ich gedenke kein Babylon zu errichten und halte mich fern von solchem Greuel.‹

Er antwortete: ›Was ist denn Babylon? Ein Bau der Selbstgefälligkeit. Dünke dich nicht rechtschaffen, sonst verläßt dich der Engel Gottes!‹

Ich fragte: ›Vater, weißt du denn, weshalb ich unterwegs bin?‹

Und ich erzählte ihm unseren ganzen Kummer. Er hörte sich alles geduldig an und erwiderte schließlich: ›Engel sind still und fügsam, sie tragen das Gewand, das Gott ihnen zu tragen befiehlt, sie folgen seiner Weisung. Das ist das Wesen der Engel. Sie wohnen im Herzen eines jeden Menschen, unter dem Siegel irdischen Aberwitzes, doch die Liebe vermag das Siegel zu lösen.‹

Damit ging er weiter, aber ich konnte die Augen nicht von ihm wenden. Wider meinen Willen fiel ich auf die Knie und verbeugte mich in Richtung des Davonschreitenden bis zur Erde. Als ich den Kopf wieder hob, sah ich den Alten nicht mehr. Ob ihn die Bäume meinen Blicken entzogen oder ob er auf andere Weise verschwunden war – Gott weiß es.

Ich dachte über seine Worte nach. In jedem Menschen wohne ein Engel, hatte er gesagt, doch er sei versiegelt und die Liebe müsse ihn befreien. Plötzlich kam mir der Gedanke: Wenn er nun selbst ein Engel ist, dem Gott befohlen hat, mir in diesem Gewand zu erscheinen? Dann muß ich sterben wie Lewonti!

Diese Überlegung trieb mich vorwärts. Ich entsinne mich dunkel, daß ich auf einem Baumstumpf einen Bach überquerte und Hals über Kopf davonhastete. Sechzig Werst legte ich ohne Halt zurück, immer in der Angst, einen Engel gesehen zu haben. So gelangte ich unvermittelt in ein Dorf, in dem ich den Ikonenmaler Sewastjan fand. Ich besprach mit ihm sofort alles Nötige, und wir beschlossen, gleich am nächsten Tag aufzubrechen. Unsere Unterhaltung verlief jedoch recht kühl, und auch auf der Reise kamen wir uns nicht näher. Und warum nicht? Sewastjan erwies sich als ein verschlossener Mensch, vor allem aber war ich nicht mehr derselbe wie vordem. Der Einsiedler Pamwa hatte sich in meinem Herzen eingenistet, und meine Lippen murmelten ständig die Worte des Propheten Jesaja: ›Des Herrn Geist bläst darein.‹«

XII

»Der Rückweg mit Sewastjan war rasch bewältigt. Wir langten des Abends bei uns auf der Baustelle an und fanden alles in guter Ordnung. Nachdem wir die Meinen begrüßt hatten, suchten wir sogleich den Engländer Jakow Jakowlewitsch auf. Der wandte sein Augenmerk vor allem dem Ikonenmaler zu und betrachtete hauptsächlich dessen Hände, ein Paar Bauernpranken wie zwei Heurechen und von dunkler Hautfarbe, denn Sewastjan war überhaupt schwarz wie ein Zigeuner. Zweifelnd sagte Jakow Jakowlewitsch: ›Es will mir gar nicht in den Kopf, mein Bester, wie du mit solchen Riesenhänden malen kannst.‹

Sewastjan erwiderte:

›Warum denn? Weshalb sollte das nicht gehen?‹

›Na, eine feinere Zeichnung bringst du damit bestimmt nicht zustande‹, antwortete der Engländer.

›Wieso nicht?‹ fragte Sewastjan.

›Weil deine Finger viel zu ungelenk sind.‹

Doch Sewastjan erklärte: ›Das hat nichts zu sagen. Meine Finger haben mir nichts zu erlauben oder zu verbieten. Ich bin ihr Herr, sie dienen mir und müssen mir gehorchen.‹

Der Engländer lächelte.

›Du wirst uns den gesiegelten Engel kopieren?‹

›Natürlich‹, erwiderte Sewastjan. ›Ich gehöre nicht zu denen, die sich vor einer Arbeit fürchten, die Arbeit fürchtet sich vielmehr vor mir. Ich bilde ihn so nach, daß Sie ihn von dem echten nicht unterscheiden können.‹

›Schön‹, sagte Jakow Jakowlewitsch. ›Ich werde sofort die nötigen Schritte unternehmen, um das echte Bild herbeizuschaffen. Du aber sollst mir inzwischen einen Beweis deiner Kunst liefern: Male meiner Frau eine Ikone nach altrussischer Art, aber eine, die ihr gefällt.‹

›Was muß denn das für eine sein?‹

›Ja, das weiß ich auch nicht‹, sagte der Engländer. ›Ich überlasse es ganz deinem Ermessen, was du darstellst, es muß nur meiner Frau Freude machen.‹

Sewastjan überlegte und fragte:

›Worum betet Ihre Frau Gemahlin am meisten zu Gott?‹

›Auch das kann ich dir nicht sagen, mein Freund. Wahrscheinlich liegen ihr von allem die Kinder am Herzen, und sie bittet sicher darum, daß aus ihnen ehrbare Leute werden.‹

Sewastjan dachte abermals nach und erwiderte:

›Gut, Herr, ich will ihren Geschmack schon treffen.‹

›Woran denkst du?‹

›Ich werde etwas wählen, was man gern anschaut und was den Gebeten Ihrer Frau Gemahlin entspricht.‹

Der Engländer befahl, eine Erkerstube seines Hauses für den Heiligenbildmaler herzurichten, doch Sewastjan schlug dieses Angebot aus. Er setzte sich an das kleine Bodenfenster über Luka Kirilows Wohnraum und ging dort ans Werk.

Was dabei herauskam, meine Herren, das hätten selbst wir uns nicht träumen lassen. Da die Ikone etwas mit Kindern zu tun haben sollte, glaubten wir, er werde vielleicht den Wundertäter Roman abbilden, zu dem die Frauen bei Unfruchtbarkeit beten, oder den Kindermord zu Jerusalem, der allen Müttern zu Herzen geht, besonders denen, die ein Kind verloren haben, weil auf diesem Bild Rahel mit ihnen um die Kleinen weint und sich nicht trösten läßt. Doch der weise Sewastjan überlegte sich, daß die Engländerin ja schon Kinder hatte und Gott sicher nicht anflehte, ihr welche zu schenken, sondern bat, die bereits geborenen zu gerechten und charakterfesten Menschen zu machen. Er dachte sich etwas ganz anderes aus, das diesem Wunsch noch besser entsprach. Aus einem alten Brett schnitt er sich ein Täfelchen von der Größe einer gespreizten Hand zurecht und zeigte nun darauf sein Talent. Vor allem grundierte er natürlich sorgfältig mit gutem Kasaner Alabaster, so daß eine Schicht entstand, die glatt und fest war wie Elfenbein. Dann teilte er die Fläche in vier gleiche Rechtecke auf, von denen jedes eine andere Ikone aufnehmen sollte. Der zur Verfügung stehende Raum wurde sogar noch kleiner, da Sewastjan die einzelnen Felder durch einen Goldstreifen rahmte. Nun begann er zu malen. Auf dem ersten Rechteck stellte er die Geburt Johannes des Täufers dar, acht Figuren ohne das Neugeborene, dazu noch ›Medaillons‹; auf dem zweiten die Geburt der heiligen Gottesmutter, sechs Figuren, das Kind und wiederum Medaillons; auf dem dritten die reine Geburt des Erlösers im Stall zu Bethlehem mitsamt der Krippe, der Gottesmutter und Joseph, mit den frommen Weisen, der Salome als Wehmutter und allerlei Getier: Ochsen, Schafe, Ziegen, Esel und eine Möwe, welche dartun sollte, daß das Heil nicht von den Juden kommt, sondern allein von Gott, dem Erschaffer des Alls, denn dieser Vogel ist den Juden verboten. In das vierte Rechteck endlich malte er die Geburt des heiligen Nikolais, auch hier das Kind mit vielen Umstehenden und Medaillons.

Welch edler Sinn lag in diesem Werk, das einem die Eltern so guter Kinder vor Augen führte, welch hohe Meisterschaft sprach aus ihm! Keine der Figuren war

Abendmahl
15. Jahrhundert, Nowgoroder Schule

größer als eine Stecknadel, doch sie schienen zu leben und sich zu bewegen. Das Bild der Mariengeburt zum Beispiel zeigte, wie es die griechische Anweisung für Ikonenmaler vorschrieb, die heilige Anna auf dem Lager, umgeben von zimbelschlagenden Jungfrauen und anderen, die Gaben darbrachten oder Fächer und Kerzen in den Händen trugen. Eine Frau stützte die heilige Anna unter der Schulter, Joachim hielt den Blick auf die oberen Medaillons gerichtet, die Wehmutter badete das Kindlein, also die heilige Gottesmutter, in einem Becken, und eine Magd goß neben ihr aus einem Geschirr Wasser nach. Die Medaillons waren alle mit dem Zirkel ausgespart; das oberste war grün gehalten, das unterste purpurrot. In diesem unteren sah man Joachim und Anna auf einem Thronsitz, die hochheilige Gottesgebärerin auf dem Schoß ihrer Mutter. Die einzelnen Medaillons waren durch steinerne Säulen, himbeerrote Vorhänge oder weißgelbe Balustraden voneinander getrennt. Wunderbar, ganz wunderbar hatte Sewastjan das alles gestaltet; selbst auf dem winzigsten Antlitz lag noch ein Widerschein der göttlichen Gnade. Er malte noch das Wort ›Kindersegen‹ auf das Bild und brachte es den Engländern. Sie sahen es an, begriffen seinen Sinn und schlugen vor Staunen die Hände überm Kopf zusammen. Solch reine Phantasie hätten sie Sewastjan nimmermehr zugetraut, bekannten sie, und eine so überaus feine Malerei sei ihnen noch nie vor Augen gekommen. Selbst mit dem Vergrößerungsglas entdeckten sie nicht den kleinsten Fehler. Sie gaben Sewastjan für die Ikone zweihundert Rubel und fragten: ›Kannst du noch kleiner malen?‹

Sewastjan antwortete:

›Ja, ich glaube schon.‹

›Dann male mir doch auf diesem Ring ein Porträt meiner Frau!‹ bat Jakow Jakowlewitsch.

Doch Sewastjan sagte:

›Nein, das geht nicht.‹

›Warum denn nicht?‹

›Weil ich so etwas noch nie versucht habe‹, erwiderte Sewastjan. ›Außerdem würde ich mir den Zorn unserer Glaubensväter zuziehen, wenn ich meine Kunst in solcher Weise mißbrauchte.‹

›Das ist doch Unsinn!‹

›Keineswegs‹, entgegnete er. ›Wir haben althergebrachte, aus gesegneten Zeiten stammende feste Regeln, die in einem Erlaß des Patriarchen ausdrücklich bestätigt werden. Dort heißt es: »So aber jemandem eine heilige Gabe verliehen ist wie die Ikonenfertigung, hat er in seinem ganzen auserwählten Leben nichts anderes zu malen denn heilige Bilder.«‹

›Und wenn ich dir fünfhundert Rubel dafür gebe?‹ fragte Jakow Jakowlewitsch.

›Sie können mir fünfhunderttausend bieten, doch Sie werden sie behalten müssen.‹

Der Engländer zeigte sich ob dieser Antwort sichtlich befriedigt. Scherzend sagte er zu seiner Frau: ›Wie findest du das: Dich zu malen hält er für einen Mißbrauch seiner Kunst!‹ Und auf englisch fügte er hinzu: ›Oh, was für ein guter Charakter!‹ Dann wandte er sich wieder an uns: ›Also, Brüder, jetzt wollen wir mal darangehen und euere Sache in Ordnung bringen. Ich fürchte bloß, wir könnten bei eueren vielen Regeln und Vorschriften etwas versäumen oder vergessen, das unseren Plan zunichte macht.‹

Wir erwiderten, daß wir alles bedacht hätten und bereit seien.

›Gut‹, sagte er, ›dann kann es also losgehen.‹

Er fuhr sogleich zum Bischof und erklärte ihm, er wolle der russischen Kirche ein Opfer bringen, nämlich die Beschläge des gesiegelten Engels vergolden und ihm einen neuen Heiligenschein anfertigen lassen. Der Bischof gab jedoch keine klare Antwort, er schlug es nicht ab, erteilte aber auch nicht ausdrücklich seine Erlaubnis. Jakow Jakowlewitsch ließ nicht locker und drang bei weiteren Besuchen immer wieder in ihn. Wir fühlten uns unterdessen wie auf einem Pulverfaß.«

XIII

»Erlauben Sie mir, meine Herren, Sie darauf hinzuweisen, daß über all diesen Ereignissen ziemlich viel Zeit vergangen war. Das Christfest kam wieder heran. Stellen Sie sich aber Weihnachten dort nicht so vor wie hier. In jener Gegend hat das Wetter seine Launen. Manchmal liegt um die Feiertage tiefer Schnee, ein andermal ist es wie verhext: Es regnet in Strömen, dann gibt es plötzlich Frost, und am nächsten Tag taut alles wieder weg. Der Fluß friert bald zu, bald schwillt er an und führt Eisschollen wie im Frühjahr. Kurz, es herrscht dort um Weihnachten herum eine sehr unbeständige Witterung, ja die Einheimischen sprechen geradezu von einer ›Matschzeit‹, womit sie den Zustand genau treffen.

In dem Jahr, zu dem ich mit meiner Erzählung jetzt gelangt bin, machte sich dieser Wechsel besonders unangenehm bemerkbar. Ich kann Ihnen gar nicht aufzählen, wie oft uns schon das Wetter, seit ich mit dem Ikonenmaler zurückgekehrt war, winterliche Kälte oder frühlingshafte Milde beschert hatte. Dabei steckten wir mitten in der angestrengtesten Arbeit, denn wir hatten alle sieben Pfeiler fertig und zogen nun die Ketten von einem Ufer zum anderen. Unsere Bauherren wollten die Verbindung möglichst schnell herstellen, um noch vor dem Hochwasser eine provisorische Brücke zur Herbeischaffung des Materials aufzuhängen. Das gelang jedoch nicht: Kaum waren alle Ketten befestigt, da setzte strenger Frost ein, der das Vorhaben vereitelte. So blieb es denn. Die Ketten hingen zwar, doch ein Übergang war noch nicht geschaffen. Dafür baute Gott eine andere Brücke: Der Fluß fror zu, und unser Engländer fuhr per Schlitten über den Dnepr, um weiter wegen der Ikone vorstellig zu werden. Eines Abends kehrte er zurück und sagte zu Luka und mir: ›Morgen bringe ich euch eueren Schatz, Kinder!‹

Gott weiß, in welche Aufregung uns diese Nachricht versetzte. Wir wollten sie zuerst geheimhalten und nur dem Ikonenmaler Bescheid sagen, aber hält denn eines Menschen Herz so etwas aus? Anstatt Stillschweigen zu wahren suchten wir alle unsere Leute auf; wir klopften an alle Fenster und flüsterten einander die Neuigkeit zu. Lange liefen wir von einer Hütte zur anderen. Die Nacht war schön und sternenhell, eine herrliche Nacht war es, der Frost ließ den Schnee glitzern wie Edelsteine, und am klaren Himmel strahlte der Hesperus.

Nachdem wir vor freudiger Geschäftigkeit kaum zum Schlafen gekommen waren, brach ein nicht weniger aufregender Tag für uns an. Schon am frühen Morgen scharwenzelten wir um unseren Ikonenmaler herum, wir wußten förmlich nicht, wohin wir ihm die Stiefel nachtragen sollten, denn es nahte die Stunde, in der alles von seiner Kunst abhing. Er brauchte nur den kleinsten Wunsch zu äußern, und schon rannten zehn von uns los, wobei sie sich vor lauter Eifer fast gegenseitig umrissen. Selbst Großvater Maroi lief so lange hin und her, bis er in seiner Hast irgendwo hängenblieb und einen Absatz verlor. Nur Sewastjan bewahrte die Ruhe; er machte so etwas ja nicht zum erstenmal und traf daher bedachtsam seine Vorbereitungen: Er rührte Beize mit Ei an, prüfte den Firnis, legte grundierte Leinwand und ein paar geeignete alte Brettchen zurecht, die in der Größe etwa der nachzubildenden Ikone entsprachen, spannte das scharfe Blatt einer kleinen Säge in dem Bogen aus kräftigem Holz straff wie eine Saite und zerrieb vor dem Dachfenster die erforderlichen Farben mit dem Finger in der Handfläche. Wir wuschen uns mit warmem Wasser und zogen reine Hemden an; dann eilten wir zum Flußufer und starrten bald klopfenden, bald stockenden Herzens zur Stadt hinüber, aus der unser sehnlich erwarteter lichtbringender Engel zu uns kommen sollte.

Ach, was standen wir in diesen Augenblicken aus, die sich vom frühen Morgen bis in den Abend hinzogen! Endlich sahen wir den Schlitten des Engländers über das Eis kommen. Er hielt genau auf uns zu. Ein Schauer überlief uns, wir warfen die Mützen auf die Erde und beteten: ›Gottvater im Himmel, erbarme dich deiner Knechte!‹

Mit diesen Worten fielen wir vornüber in den Schnee, die Arme verlangend ausgestreckt. Plötzlich vernahmen wir über uns die Stimme des Engländers: ›He, ihr Altgläubigen! Ich bringe euch etwas!‹

Und er überreichte uns ein aus einem weißen Tuch geknüpftes Bündel.

Luka nahm es und erstarrte: Er fühlte sofort, daß es zu klein und zu leicht war. Er schlug eine Ecke des Tuches zurück und erblickte lediglich die Beschläge des Engels, nicht die Ikone selbst.

Wir umringten den Engländer und riefen unter Tränen: ›Man hat Euer Gnaden betrogen, Sie haben uns nicht die Ikone gebracht, sondern nur die silbernen Beschläge!‹

Da zeigte sich Jakow Jakowlewitsch entgegen seiner sonstigen Gewohnheit plötzlich sehr ungehalten. Wahrscheinlich dauerte ihm die ganze Geschichte schon zu lange, denn er fuhr uns an: ›Warum werft ihr jetzt wieder alles über den Haufen? Es war doch immer nur die Rede davon, daß ich die Beschläge verlangen solle, und das habe ich auch getan! Was braucht ihr denn nun eigentlich?‹

Wir versuchten ihn zu beschwichtigen und setzten ihm behutsam auseinander, daß wir die Ikone selbst haben müßten, um sie zu kopieren, doch er hörte uns gar nicht an, sondern jagte uns weg. Nur insofern blieb er uns gnädig, als er befahl, ihm den Ikonenmaler zu schicken. Sewastjan ging zu ihm und fand ihn in der gleichen aufgebrachten Stimmung.

›Deine Leute wissen nicht, was sie wollen!‹ sagte er. ›Wir sprachen von den Beschlägen, die ich besorgen sollte, damit du die Maße hast, und nun jammern sie, weil das angeblich nicht ausreicht! Aber ich bin außerstande, mehr für euch zu tun, denn der Bischof gibt mir die Ikone nicht. Male also zu den Beschlägen rasch ein ähnliches Bild; mein Sekretär wird es dann gegen das echte vertauschen!‹

Doch der bedachtsame Sewastjan ließ sich nicht aus der Ruhe bringen und erläuterte ihm die Sachlage mit sanften Worten.

›Nein, gnädiger Herr‹, sagte er, ›unsere Leute wissen schon, was sie wollen, wir brauchen in der Tat erst einmal das echte Bild. Es stimmt nicht, daß wir nach Schablonen arbeiten, das wird nur immer behauptet, um uns zu kränken. Unsere Anweisung für das Malen von Heiligenbildern legt zwar gewisse Regeln fest, doch die Ausführung liegt ganz im Ermessen des Künstlers. Das Gesetz schreibt zum Beispiel vor, den heiligen Sossim oder Gerassim mit einem Löwen darzustellen; wie dieser Löwe aber aussieht, bleibt allein der Phantasie des Malers überlassen. Zum heiligen Neofit gehört eine Taube, zu Konon, dem Gärtner, eine Blume, zu Timofej ein Heiligenschrein, zu Georgi und zu Sawwa, dem Heerführer, eine Lanze, zu Foti eine Jacke und zu Kondrat, der die Wolken lenkt, Wolken; doch jeder Ikonenmaler hat freie Hand, das alles so abzubilden, wie es ihm seine Phantasie und seine Kunstfertigkeit erlaubt. Daher kann ich auch in unserem Falle nicht wissen, wie der Engel aussieht, den ich kopieren soll.‹

Der Engländer hörte sich zwar alles an, doch er schickte Sewastjan genauso weg wie uns. Wir hörten

Kreuzabnahme
15. Jahrhundert, nordrussische Schule (?)

nichts mehr von ihm und hockten am Ufer, ihr Herren, wie Raben auf Ruinenfeldern, ohne zu wissen, ob wir noch Hoffnung hegen oder uns völliger Verzweiflung hingeben sollten. Den Engländer wagten wir nicht mehr aufzusuchen. Zudem war mit unserer Stimmung auch die Witterung wieder umgeschlagen: Fürchterliches Tauwetter setzte ein, und es regnete ohne Unterlaß. Am Tage hingen dichte Nebelschwaden am Himmel, und die Nächte waren stockfinster, selbst der Abendstern, der doch im Dezember nie vom Himmelsgewölbe verschwindet, ließ sich nicht sehen. Wir fühlten uns wie in einem Gefängnis. So blieb es auch über das Weihnachtsfest. Am Heiligen Abend brach ein Gewitter los, und es goß in Strömen drei Tage lang. Der schmelzende Schnee wurde in den Fluß gespült, das Eis schimmerte blau und hob sich. Am vorletzten Tag des Jahres riß es auf. Die Schollen drängten machtvoll stromab und schoben sich in dem trüben Wasser scharrend übereinander. Vor den Brückenpfeilern türmten sie sich zu Bergen, manche wurden emporgetrieben und kreischten wie wild gewordene Dämonen, Gott verzeih mir's. Daß unsere Bauten diesen ungeheuren Druck aushielten, wundert mich heute noch. Viele Millionen standen auf dem Spiele, doch wir hatten in diesem Augenblick andere Sorgen: Unser Ikonenmaler Sewastjan begann zu murren, weil es für ihn nichts zu tun gab; er packte seine Habseligkeiten zusammen, um weiterzuziehen, und wollte sich durchaus nicht zurückhalten lassen.

Der Engländer aber hatte völlig den Kopf verloren. Das Unwetter brachte ihn beinahe um den Verstand. Es wurde erzählt, er renne nur immerfort umher und frage alle Leute: ›Was machen wir bloß? Was sollen wir tun?‹ Schließlich schien er sich aber doch gefaßt zu haben, denn er rief unversehens Luka zu sich und sagte zu ihm: ›Was meinst du, wollen wir euren Engel stehlen?‹

Luka erwiderte: ›Mir ist es recht.‹

Als er uns bald darauf alles berichtete, konnten wir uns die Sache nur so erklären, daß der Engländer nach einem gefährlichen Abenteuer dürstete. Jakow Jakowlewitsch wollte am nächsten Tag, einem Sonntag, mit unserem Ikonenmaler, den er für einen Goldschmied ausgab, zum Bischof gehen und ihn bitten, Sewastjan das Engelsbild sehen zu lassen, damit dieser die Beschläge ausmessen könne. Sewastjan sollte dabei das Bild möglichst eingehend in Augenschein nehmen und zu Hause eine Kopie herstellen. Sobald der richtige Goldschmied die Beschläge fertig hatte, sollten sie zu uns über den Fluß gebracht werden; Jakow Jakowlewitsch hingegen wollte abermals ins Kirchenamt fahren und den Wunsch äußern, dem vom Bischof zelebrierten Abendgottesdienst beizuwohnen. Während der Messe werde er sich, so sagte er, neben dem Opfertisch im halbdunklen Altarraum aufhalten, wo unsere Ikone am Fenster stand. Er werde sie in seinem Mantel verbergen und diesen durch einen Diener hinaustragen lassen, als sei es ihm in der Kirche zu warm. Auf dem Hof sollte einer von uns das Bild in Empfang nehmen und es sofort ans andere Ufer schaffen, wo der Ikonenmaler in der Zeit, die der Gottesdienst dauerte, die alte Ikone von ihrem Brett lösen, die Nachahmung an ihre Stelle bringen und die Beschläge befestigen würde. Dann mußte die Imitation schleunigst zurückgebracht werden, damit Jakow Jakowlewitsch sie ins Fenster stellen konnte, als wäre nichts geschehen.

›Gut, Herr‹, meinte Luka Kirolow, ›wir sind mit allem einverstanden.‹

›Aber denkt daran‹, sagte der Engländer, ›daß ich als Dieb dastehe, wenn ihr nicht wiederkommt! Ich setze großes Vertrauen in euch!‹

Luka antwortete:

›Wir gehören nicht zu den Leuten, die ihre Wohltäter

betrügen, Jakow Jakowlewitsch. Ich werde die Ikone selbst hinüberschaffen und Ihnen beide Bilder zurückbringen, das echte und die Kopie.‹

›Und wenn dir unterwegs etwas zustößt?‹

›Was soll mir denn zustoßen?‹

›Na, vielleicht fällst du plötzlich tot um, oder du ertrinkst!‹

Luka überlegte. Das hielt er eigentlich für unwahrscheinlich, aber er mußte sich doch eingestehen, daß in der Tat manchmal sonderbare Dinge geschehen. Da findet einer zum Beispiel beim Brunnengraben einen Schatz, und als er ihn zum Händler bringen will, wird er von einem tollen Hund gebissen. Er entgegnete:

›Ich werde jemanden von uns in Ihrer Nähe postieren, der notfalls alle Schuld auf sich nimmt und lieber den Tod erleidet als Sie im Stich läßt.‹

›Wem willst du denn eine so heikle Aufgabe anvertrauen?‹

›Dem Schmied Maroi‹, erwiderte Luka.

›Ist das der Alte?‹

›Ja, jung ist er nicht mehr.‹

›Aber der scheint mir etwas einfältig zu sein.‹

›Wir brauchen ja nicht seinen Verstand, aber er hat den richtigen Geist.‹

›Kann denn ein einfältiger Mensch Geist haben?‹

›Geist hat nichts mit dem Verstand zu tun, Herr‹, erwiderte Luka. ›Er sprießt wie das Haar, bei einem überreich und üppig, beim anderen spärlich.‹

Der Engländer sann eine Weile nach und sagte dann:

›Na schön, vielleicht hast du recht. Aber wie soll er mir helfen, wenn die Sache schiefgeht?‹

›Ich denke es mir so‹, antwortete Luka. ›Sie stehen im Altarraum, und Maroi wartet derweilen draußen unter dem Fenster. Komme ich bis zum Ende des Gottesdienstes nicht mit den Ikonen zurück, dann zerschlägt er die

Scheibe und steigt hinein. Damit fällt jeglicher Verdacht auf ihn.‹

Die Idee beeindruckte den Engländer sichtlich.

›Allerhand‹, sagte er, ›wirklich allerhand! Und wer bürgt mir dafür, daß euer einfältiger Alter mit dem rechten Geist nicht davonläuft?‹

›Ja, das ist nun eine Sache des Vertrauens‹, antwortete Luka.

›Des Vertrauens‹, wiederholte der Engländer. ›Hm! Ich gehe für einen Bauerntölpel in die Zwangsarbeit, oder er bekommt für mich die Knute. Hm, hm. Wenn er sein Wort hält . . . Die Knute ist ihm sicher. Erstaunlich.‹

Sie ließen Maroi holen und erklärten ihm, worum es ging. Er sagte:

›Das mache ich. Was ist denn dabei?‹

›Und du läufst nicht weg?‹ fragte der Engländer.

›Wieso?‹ antwortete Maroi.

›Weil man dich sonst auspeitscht und nach Sibirien schickt.‹

Doch Maroi erwiderte nur: ›Na und?‹

Damit war die Unterhaltung für ihn beendet. Der Engländer lebte sichtlich auf, die Freude stand ihm im Gesicht geschrieben.

›Wunderbar‹, sagte er. ›Einfach erstaunlich.‹«

XIV

»Nach diesem Gespräch schritten wir alsbald zur Tat. Wir hängten am nächsten Morgen die Riemen in das große Boot der Bauleitung und ruderten den Engländer hinüber ans Stadtufer. Dort setzte er sich mit dem Ikonenmaler Sewastjan in eine Kutsche, und die beiden fuhren zur Kirche. Eine gute Stunde später kehrte unser Maler aufgeregt zurück, in der Hand ein Blatt Papier mit der Skizze des Heiligenbildes.

Wir fragten ihn:

›Hast du es gesehen, verehrter Meister? Kannst du nun eine Kopie anfertigen?‹

›Ja, ich habe es mir genau betrachtet‹, erwiderte er. ›Jetzt weiß ich Bescheid, nur werden meine Farben vielleicht ein bißchen lebhafter wirken, aber das ist kein Unglück: Wenn die echte Ikone kommt, bringe ich das binnen einer Minute in Ordnung.‹

›Väterchen‹, flehten wir ihn an, ›gib dir alle Mühe!‹

›Seid unbesorgt‹, erwiderte er, ›ich werd's schon machen.‹

Wir ruderten ihn zurück, und er ging sogleich an die Arbeit. Als die Dämmerung anbrach, hatte er den neuen Engel auf ein Stück Leinwand gemalt. Das Bild glich dem echten wie ein Wassertropfen dem anderen, bloß die Farben waren ein bißchen frischer.

Gegen Abend schickte der Goldschmied auch die neuen Beschläge, die schon früher in Auftrag gegeben worden waren.

Nun nahte die gefährlichste Stunde unseres Unternehmens.

Wir hatten natürlich alles gründlich vorbereitet und harrten nun betend des festgesetzten Augenblicks. Kaum riefen auf dem anderen Ufer die ersten Glockenschläge zur Spätmesse, da bestiegen wir, das heißt Luka Kirilow, Großvater Maroi und ich, einen kleinen Kahn. Maroi führte ein Beil, ein Stemmeisen, eine Brechstange und einen Strick mit, um wie ein echter Dieb auszusehen. So ruderten wir bis an die Kirchhofsmauer.

Zu dieser Jahreszeit wird es natürlich früh dunkel, und es war trotz Vollmond bereits stockfinster – eine rechte Nacht für Spitzbuben.

Drüben angelangt, schlichen sich Maroi und Luka zur Kirche, während ich am Ufer zurückblieb. Ich zog die Riemen ein, hielt mich mitsamt dem Kahn an einem

Strick fest und wartete ungeduldig darauf, daß Luka ins Boot sprang, damit ich im selben Augenblick losrudern konnte. Die Zeit schien mir entsetzlich lang. Wie würde das alles ausgehen? Würden wir unser Vorhaben unbemerkt ausführen können, ehe die Messe zu Ende ging? Mir war, als sei bereits eine Ewigkeit vergangen. In der schrecklichen Finsternis sah man kaum die Hand vor Augen, der Wind heulte, und statt des Regens fiel jetzt nasser Schnee. Ich saß jedoch in meinem Überrock schön warm, und die Wellen wiegten mich ungetreuen Knecht bald in sanften Schlummer. Da verspürte ich plötzlich einen Stoß, der Kahn schwankte, und ich schrak auf. Vor mir stand Luka Kirilow. Mit sonderbar belegter Stimme sagte er: ›Los!‹

Ich griff sofort nach den Riemen, bekam sie aber vor Aufregung nicht in die Dollen. Schließlich gelang es mir unter größter Anstrengung. Ich stieß vom Ufer ab und fragte:

›Hast du den Engel?‹

›Ja. Rudere nur zu!‹

›Wie habt ihr ihn rausgekriegt?‹ fragte ich weiter.

›So, wie es abgemacht war.‹

›Werden wir auch alles schaffen?‹

›Wir müssen! Sie singen gerade das Eingangsgebet. Mach schnell! Wo fährst du denn hin?‹

Ich sah mich um. O Gott, tatsächlich: Ich ruderte ja ganz falsch! Obwohl ich mich immer quer zur Strömung hielt, war unsere Siedlung noch nicht in Sicht. Das lag an dem entsetzlichen Schneetreiben, das einem die Augen verklebte. Dazu heulte der Wind, der Kahn schaukelte bedrohlich, und vom Oberlauf des Flusses her roch es nach Eis.

Schließlich erreichten wir mit Gottes Hilfe doch das Ufer. Wir sprangen beide aus dem Kahn und rannten, so schnell wir konnten. Sewastjan stand schon bereit. Er handelte kaltblütig und sicher. Zuerst nahm er die Ikone zur Hand, und da wir alle vor ihr niederfielen und uns verneigten, zeigte er uns das gesiegelte Antlitz. Dann verglich er es mit seiner Imitation und sagte: ›Gut! Ich muß nur die Farben ein wenig mit Safran dämpfen, damit es älter aussieht!‹ Jetzt spannte er das Bild in den Schraubstock und setzte die Säge mit dem runden Bogen an, die er sich zurechtgelegt hatte. Kreischend fraßen sich die Zähne in das Holz. Uns stockte der Atem vor Angst, er könnte die Ikone beschädigen. Ein entsetzlicher Anblick! Versuchen Sie einmal, sich vorzustellen, wie er da mit seinen mächtigen Pranken dem Brett zu Leibe ging, um eine Schicht abzulösen, nicht dicker als das feinste Schreibpapier! Wie schnell konnte ein Unglück geschehen! Wenn die Säge nur um Haaresbreite abglitt, dann schnitt sie den Engel mittendurch! Doch Sewastjan arbeitete so unbekümmert und geschickt, daß wir immer ruhiger wurden, je länger wir ihm zusahen. Tatsächlich hatte er alsbald das Bild samt einer hauchdünnen Unterlage losgetrennt. Im Handumdrehen schnitt er es aus dem Rahmen, den er wieder auf das alte Brett leimte. Dann nahm er seine Kopie und zerknüllte sie in der Faust, schlug sie auf die Tischkante und rieb sie zwischen den Handflächen, als wolle er sie zerreißen und vernichten. Schließlich hielt er sie gegen das Licht, und wir erblickten in dem schönen neuen Bild ein dichtes Netz feinster Risse. Sewastjan klebte es nun unverzüglich in den Rahmen auf das alte Brett. Danach schüttete er sich ein sonderbares schmutzig-dunkles Farbpulver in die hohle Hand, mischte es unter Zuhilfenahme der Finger mit Safran und altem Firnis zu einer Art Paste und rieb diese mit dem Ballen kräftig in das malträtierte Bild ein. Das war das Werk eines Augenblicks, doch die eben erst gemalte Ikone sah jetzt uralt aus, genau wie die echte. Rasch überzog Sewastjan sie noch einmal mit Firnis; dann gab er sie

Entschlafen der Gottesmutter
15. Jahrhundert, Schule von Twer

einem unserer Leute, der die Beschläge aufnagelte. Er selbst leimte das abgesägte echte Bild auf ein vorbereitetes Brettchen und verlangte ein Stück von einem alten Filzhut.

Es begann der schwierigste Teil, die Entsiegelung.

Man reichte dem Ikonenmaler den Hut. Er zerriß ihn über dem Knie in zwei Teile, legte den einen auf die gesiegelte Ikone und rief: ›Das heiße Eisen!‹

Im Ofen lag nämlich auf sein Geheiß ein schweres Bügeleisen in der Glut.

Die Michailiza faßte es mit der Topfgabel und hielt es ihm hin. Sewastjan packte den Griff mit Hilfe eines Lappens, spuckte auf die Unterseite und – preßte es auf den Hutfetzen. Ein übler Gestank verbreitete sich, doch der Ikonenmaler machte das gleiche noch einmal und noch ein drittes Mal, dann riß er das Eisen plötzlich weg. Seine Hand flog nur so, über dem Filz stand der Qualm wie eine Säule, aber Sewastjan ließ sich nicht beirren. Mit einer Hand rückte er den Fetzen hin und her, mit der anderen führte er das Bügeleisen jedesmal langsamer und unter größerem Druck.

Plötzlich warf er Eisen und Filz zur Seite und hob die Ikone ins Licht. Das Siegel war verschwunden, als sei es nie dagewesen. Der feste Stroganower Firnis hatte der Hitze widerstanden, der Siegellack hingegen war völlig aufgesogen, nur noch eine Art feurigroter Tau schimmerte auf dem reinen Antlitz, das nun wieder in seiner ganzen göttlichen Anmut erstrahlte.

Einige von uns beteten still, andere weinten, und wieder andere ergriffen die Hände des Ikonenmalers, um sie zu küssen. Luka Kirilow vergaß jedoch in der allgemeinen Freude nicht seine Aufgabe; die Zeit war kostbar, er hielt dem Meister die Imitation hin und sagte: ›Mach schnell ein Ende!‹

Aber Sewastjan antwortete:

›Meine Arbeit ist getan, ich habe ausgeführt, was ich übernommen hatte.‹

›Du mußt noch das Siegel aufdrücken!‹

›Wohin?‹

›Auf das Gesicht des neuen Engels, damit er aussieht wie der alte!‹

Doch Sewastjan schüttelte den Kopf und erwiderte:

›Nein, ich bin kein Beamter und werde mich dessen niemals erdreisten!‹

›Aber wer soll es denn tun?‹

›Das weiß ich nicht‹, sagte er. ›Ihr hättet zu diesem Zweck einen Beamten oder einen Ausländer herbestellen müssen; das habt ihr versäumt, also macht es nur selber!‹

Bestürzt rief Luka: ›Was mutest du uns zu? Um keinen Preis würden wir einen solchen Frevel begehen!‹

Aber der Ikonenmaler antwortete: ›Ich kann es auch nicht.‹

Minutenlang standen wir ratlos, wie vom Donner gerührt. Plötzlich stürmte Jakow Jakowlewitschs Frau in die Hütte, bleich wie der Tod. Mit bebender Stimme fragte sie: ›Seid ihr noch nicht fertig?‹

Wir erwiderten, daß alles getan sei und doch auch wieder nicht, da wir zwar das Wichtigste vollbracht hätten, die letzte Kleinigkeit aber über unsere Kraft gehe.

Da rief sie in ihrer unbeholfenen Sprache: ›Worauf wartet ihr denn? Hört ihr nicht, was draußen geschieht?‹

Wir lauschten und wurden noch blasser als die Engländerin. In unserer Aufregung hatten wir nicht auf das Wetter geachtet. Jetzt vernahmen wir ein dumpfes Tosen: Das Eis kam!

Ich lief hinaus und sah, daß die Schollen bereits in breitem Strom dahinschossen. Wie reißende Bestien stürzten sie übereinander her, berstend und krachend wälzten sie sich flußabwärts.

Außer mir vor Entsetzen, rannte ich zu den Booten –

kein einziges war mehr da. Das Eis hatte alle weggerissen. Meine Zunge wurde wie Stein, ich konnte kein Wort hervorbringen; von den Füßen her stieg eine Kälte in mir auf, als versänke ich langsam im Erdboden. Unbeweglich stand ich da, keines Lautes fähig.

Inzwischen waren auch meine Gefährten erschrocken ins Freie getreten. In der Hütte befanden sich nur noch die Michailiza und die Engländerin. Als diese den Grund der Verzögerung erfuhr, griff sie nach der Ikone, und – eine Minute später sprang sie mit einer Laterne hinaus auf die Vortreppe. Das Bild vorgestreckt, rief sie: ›Hier, nehmt, fertig!‹

Der neue Engel hatte ein Siegel im Gesicht!

Luka barg sofort beide Ikonen an seiner Brust und befahl laut: ›Rasch das Boot!‹

Da mußte ich ihm eröffnen, daß kein Boot mehr da war.

Und das Eis, sage ich Ihnen, tobte dahin wie die wilde Jagd, die Schollen brachen an den Pfeilervorbauten und ließen die Brücke derart erzittern, daß selbst die mächtigen Ketten klirrten, obwohl sie mindestens so breit waren wie ein Dielenbrett.

Als die Engländerin begriff, was vorgefallen war, schlug sie die Hände über dem Kopf zusammen. Sie schrie mit verzweifelter Stimme: ›James!‹ und sank ohnmächtig zu Boden.

Uns aber beschäftigte nur ein einziger Gedanke: Wie sollten wir nun unser Wort halten? Was würde dem Engländer zustoßen und dem Großvater Maroi?

In diesem Augenblick tönte von der Kirche das dritte Läuten.

Luka fuhr zusammen und rief der Engländerin zu: ›Komm zu dir, Herrin! Deinem Mann droht keine Gefahr, nur unserem alten Großvater Maroi wird vielleicht der Scharfrichter die welke Haut gerben und das entehrende Brandmal auf die fromme Stirn drücken! Aber auch das wird nicht geschehen, solange ich am Leben bin!‹

Damit bekreuzigte er sich und ging festen Schrittes davon.

Ich schrie: ›Luka, wohin? Was hast du vor? Lewonti ist umgekommen, willst auch du in den Tod gehen?‹

Und ich stürzte ihm nach, um ihn zurückzuhalten. Da hob er ein Ruder von der Erde auf, schwang es hoch empor und schrie: ›Hinweg, oder ich erschlage dich!‹

Meine Herren, ich habe Ihnen im Verlaufe meiner Erzählung schon mehrfach aufrichtig meinen Kleinmut eingestanden, zum Beispiel, als ich Ihnen berichtete, daß ich den kranken Lewonti im Wald liegenließ und auf einen Baum stieg. Jetzt sage ich Ihnen genauso ehrlich, daß mich das schwere Ruder nicht schreckte und daß ich vor Luka keinesfalls zurückgewichen wäre, wenn nicht ... Sie mögen mir glauben oder nicht, aber ich hatte kaum Lewontis Namen genannt, da stand er plötzlich in der Finsternis leibhaftig vor mir, die Hand drohend gegen mich erhoben. Der Schreck über diese Erscheinung lähmte meine Entschlußkraft völlig, und ich blieb wie angewurzelt stehen. Indessen hatte Luka die Kette erreicht. Er suchte mit dem Fuß auf ihr Halt und rief uns durch den Sturm zu: ›Stimmt das Chorlied an!‹

Unser Vorsänger Arefa, der mitten unter uns stand, folgte der Aufforderung sofort und begann: ›Ich öffne meine Lippen ...‹ Wir anderen fielen ein, und unser kraftvoller Gesang kämpfte gegen das Heulen der Elemente an. Luka aber schritt todesmutig hinaus auf die Kette. Eine Minute später hatte er die erste Teilstrecke bewältigt, und die zweite lag vor ihm. Was würde weiter geschehen? Die Dunkelheit verschluckte ihn, wir sahen ihn nicht mehr. Suchte er noch seinen Weg über den Fluß, oder war er schon abgestürzt und von den verfluchten Eisschollen in der Tiefe zermalmt worden? Sollten wir Dankgebete für seine Errettung aus der Gefahr zu Gott schicken oder um ewige Ruhe für seine so starke und fromme Seele flehen?«

XV

»Was geschah indessen am anderen Ufer? Seine Eminenz der Bischof hielt wie üblich in der Hauptkirche die Abendmesse, ohne zu ahnen, daß während dieser Zeit im Altarraum ein Diebstahl verübt wurde. Jakow Jakowlewitsch, unser Engländer, der sich mit des Bischofs Erlaubnis dort aufhielt, hatte unseren Engel an sich genommen und ihn, wie vereinbart, mit seinem Mantel aus der Kirche hinausschaffen lassen. Luka war sofort mit ihm davongelaufen, und Großvater Maroi hatte sich, seinem Wort getreu, draußen unter das Fenster gestellt, um dort bis zur letzten Minute auszuharren und dann, falls Luka noch nicht zurückgekehrt sein sollte, den Engländer dadurch zu entlasten, daß er die Scheibe einschlug und wie ein echter Spitzbube mit Brechstange und Stemmeisen in die Kirche kletterte. Der Engländer hielt wiederholt nach ihm Ausschau und sah ihn jedesmal unbeirrt auf seinem Posten stehen. Maroi seinerseits brauchte nur des Engländers Gesicht hinter dem Glas zu erblicken, da nickte er ihm sofort zu, als wolle er sagen: Keine Angst, ich bin hier, ich bin der Dieb und nehme alles auf mich!

So bewiesen sie einander ihren Edelmut, jeder darauf bedacht, dem anderen in der gewissenhaften Erfüllung der übernommenen Aufgabe nicht nachzustehen. Diese Haltung beruhte aber nicht nur auf der hohen Gesinnung der beiden Männer, hier wirkte vielmehr noch eine dritte, stärkere Kraft, deren Walten ihnen allerdings nicht bewußt wurde.

Als schließlich die Glocken das Ende der Messe ankündigten, öffnete der Engländer leise eine Klappe in dem Fenster, damit Maroi hereinklettern könne. Er wollte eben zurücktreten und den Altarraum verlassen, da sah er plötzlich, daß sich Großvater Maroi von ihm abwandte und angestrengt auf den Fluß starrte. Dabei murmelte er: ›Gott, hilf ihm herüber! Hilf ihm herüber!‹ Dann warf er unvermittelt die Arme in die Luft, tanzte wie ein Betrunkener und schrie: ›Gott war gnädig, er hat in herübergetragen!‹

Jakow Jakowlewitsch geriet in die größte Verzweiflung. Er dachte: Es ist aus, der einfältige Alte ist verrückt geworden, ich bin verloren! Da sah er, daß sich draußen Maroi und Luka Kirilow in den Armen lagen.

Großvater Maroi stammelte: ›Ich habe gesehen, wie du mit der Laterne über die Kette gegangen bist!‹

Luka antwortete:

›Eine Laterne hatte ich gar nicht dabei.‹

›Was war das dann für ein Licht?‹

Luka erwiderte: ›Von einem Licht weiß ich nichts. Ich bin gelaufen, so schnell ich konnte, und wundere mich selbst, daß ich herübergekommen bin, ohne abzustürzen. Es war, als hielte mich jemand unter den Armen.‹

Maroi sagte: ›Dann war es ein Engel! Ich habe ihn gesehen, und das bedeutet, daß ich keinen Tag mehr leben werde.‹

Luka konnte sich nicht in lange Erörterungen einlassen, er gab keine Antwort und reichte dem Engländer durch die Klappe rasch die beiden Ikonen. Dieser nahm sie, hielt sie jedoch im nächsten Augenblick Luka wieder entgegen.

›Es ist ja kein Siegel drauf‹, sagte er.

›Wieso?‹ fragte Luka.

›Na sieh doch, es fehlt!‹

Da schlug Luka ein Kreuz und sagte: ›Nun, dann war alles vergebens. Jetzt ist keine Zeit mehr, es zu ändern.

Dieses Wunder hat ein Engel der Staatskirche vollbracht, und ich weiß auch, zu welchem Zweck!‹

Damit lief er in die Kirche, geradenwegs in den Raum, wo man eben dem Bischof das Meßgewand abnahm. Er warf sich dem hohen Geistlichen zu Füßen und rief: ›Ich habe gefrevelt, lassen Sie mich in Ketten schmieden und ins Gefängnis werfen!‹

Und er gestand ihm alles. Der Bischof hörte ihn würdevoll an und erwiderte: ›Daraus solltest du erkennen, welcher Glaube der wirksamere ist! Ihr habt auf spitzbübische Weise das Siegel von euerem Engel genommen, der unsere aber hat sich selbst davon befreit und dich hierher geführt.‹

Hierauf sagte unser Luka: ›Ich erkenne es, Vater Bischof, und erbebe in Ehrfurcht. Befehlen Sie, mich meiner Strafe zuzuführen.‹

Doch der Bischof antwortete mit den Absolutionsworten: ›Kraft der mir von Gott verliehenen Macht vergebe ich dir, mein Sohn, und spreche dich deiner Sünden ledig. Bereite dich darauf vor, morgen den reinen Leib Christi zu empfangen!‹

Nun, meine Herren, weiter brauche ich Ihnen wohl nichts zu erzählen. Luka Kirilow und Großvater Maroi kehrten am nächsten Tag zurück und sagten: ›Väter und Brüder, wir haben den Triumph eines Engels der herrschenden Kirche erlebt und die auf ihr ruhende göttliche Gnade in Gestalt der Güte ihres Priesters an uns erfahren; wir sind in ihrem Namen mit geweihtem Öl gesalbt worden und haben heute morgen den Körper und das Blut Christi des Erlösers empfangen.‹

Ich war ja schon lange, schon seit meinem Aufenthalt bei dem alten Pamwa, geneigt, Gott nach der in ganz Rußland üblichen Art zu preisen, und ich rief für alle: ›Wir werden es euch gleichtun!‹

Also wurden wir sämtlich Lämmer der einen großen

Herde unter dem einen Hirten. Erst jetzt erkannten wir, wohin unser gesiegelter Engel uns alle hatte führen wollen, indem er anfangs seinen Leidenskelch über uns ausgoß und dann das Siegel löste um der Liebe unter den Menschen willen, die sich uns in dieser schrecklichen Nacht offenbarte.«

XVI

Der Erzähler schwieg. Auch die Zuhörer blieben noch eine Weile stumm, doch schließlich räusperte sich einer und meinte, die geheimnisvollen Vorgänge in dieser Geschichte stellten durchaus nichts Übernatürliches dar, sowohl der Traum der Michailiza als auch ihre Halluzinationen, die sie danach im Halbschlaf hatte. Den Engel mochte eine streunende Katze oder ein Hund heruntergestoßen haben, und Lewontis Tod sei in Anbetracht der schon vor der Begegnung mit Pamwa ausgebrochenen Krankheit genauso erklärlich wie die rein zufällige Übereinstimmung der Worte des in Andeutungen sprechenden Pamwa mit den Gedanken des Erzählers.

»Mir leuchtet auch ein«, fügte der Sprecher hinzu, »daß Luka Kirilow es geschafft hat, mit dem Ruder über die Kette zu laufen. Maurer sind es ja bekanntlich gewohnt, an allerlei halsbrecherischen Stellen herumzuklettern, überdies diente ihm das Ruder als Balancierstange. Selbst die Lichterscheinung, die Maroi um Luka zu sehen glaubte und die er für einen Engel hielt, läßt sich als etwas nicht allzu Ungewöhnliches deuten. Maroi stand unter einer starken seelischen Spannung, er war zudem völlig durchgefroren – was gaukelt einem in solchem Zustand die Phantasie nicht alles vor! Ich würde mich nicht einmal wundern, wenn er tatsächlich am nächsten Tag gestorben wäre, wie er prophezeit hatte.«

»Das ist er auch, mein Herr«, warf Mark ein.

»Großartig! Soll man es erstaunlich finden, wenn ein Achtzigjähriger eine solche Aufregung und eine mutmaßliche starke Erkältung nicht übersteht? Wirklich rätselhaft ist mir allerdings, wie das Siegel verschwinden konnte, das die Engländerin dem neuen Engel aufgedrückt hatte.«

»Ach, das läßt sich am leichtesten erklären«, erwiderte Mark aufgeräumt, und er berichtete, man habe das Siegel bald darauf unter einem der Beschläge entdeckt.

»Wie kam es denn dorthin?«

»Das will ich Ihnen sagen: Auch die Engländerin war davor zurückgeschreckt, das Antlitz des Engels zu verunzieren, sie hatte das Siegel auf ein Stück Papier gedrückt und unter dem Beschlag festgeklemmt, sehr kunstvoll und geschickt, so daß es niemand bemerkte. An Lukas Brust aber hatten sich die beiden Ikonen aneinander gerieben, und dabei war das Siegel unter das Blech gerutscht.«

»Es ist also alles ganz einfach und natürlich zugegangen.«

»Ja, und deshalb hielten viele unsere Bekehrung überhaupt für einen Zufall. Nicht nur gebildete Leute, die von der Sache erfuhren, sondern auch diejenigen unserer Brüder, die starrsinnig am alten Glauben festhielten, lachten uns aus und sagten, die Engländerin habe uns mit Hilfe eines Stückchens Papier der Staatskirche in die Arme geführt. Wir stritten nicht mit ihnen, denn schließlich soll jeder glauben, was er für richtig hält, und letzten Endes ist es doch belanglos, auf welchem Wege sich Gott den Menschen offenbart und aus welchem Gefäß er sie tränkt, wenn er sie nur findet und ihren Durst nach dem Einswerden mit seinem himmlischen Reich stillt. – Sehen Sie mal, dort draußen kriechen schon die unbeholfenen Fuhrleute von gestern abend aus dem Schnee! Sie haben offenbar doch fest geschlafen, die Guten, und werden gleich losfahren. Vielleicht nehmen sie mich ein Stück mit! Die Wassilinacht ist vorüber. Ich bin Ihnen zur Last gefallen und habe Sie mit meiner Geschichte um Ihre Ruhe gebracht. Erlauben Sie mir dennoch, Ihnen viel Glück im neuen Jahr zu wünschen, und verzeihen Sie um Christi willen meine Aufdringlichkeit!«

Nachwort

Mit Schande seid bedeckt, ihr Gottlosen,
die ihr den Herrn verspottet.
Denn er kam im Kleid der Menschen,
erschien ja im Bild.
Wir halten es fest und achten es hoch.
Triumphgesang des hl. Theodoros Studites

Eine der frühesten Quellen, die von der Einführung des byzantinischen Christentums unter dem Kiewer Großfürsten Wladimir (980-1015) berichtet, ist die *Chronik der vergangenen Jahre*. Obschon anonym erschienen, wird sie dem Mönch Nestor zugeschrieben, der sie in den beiden ersten Dekaden des 12. Jahrhunderts verfaßt haben mag. Die *Nestorchronik* schildert die politischen Voraussetzungen der Christianisierung aus dem Selbstverständnis der Kiewer Rus, die sich von der kirchlichen Oberhoheit Konstantinopels zu distanzieren suchte. Wann und wo sich Wladimir taufen ließ, 988 in Kiew oder 989 in Cherson, ist ungewiß, bekannt sind jedoch die Gründe für seine Entscheidung.

Der byzantinische Kaiser Basileios II. (976-1025) hatte den Kiewer Fürsten um seinen Beistand im Kampf gegen das westbulgarische Reich Samuels wie auch gegen den asiatischen Teil seines Reiches gebeten. Als Gegenleistung versprach er Wladimir seine »purpurgeborene« Schwester Anna zur Frau. Ohne Zögern ging Wladimir auf die Bitte des Kaisers ein, da eine »dynastische Verbindung« mit dem byzantinischen Kaiserhaus eine »politische Chance« war, »wie sie so bald nicht wiederkehren würde«*. Auch hätte sich die Christianisierung Rußlands nicht länger mehr verhindern lassen. Denn schon vor Wladimirs Taufe hatte

* Günther Stökl, Russische Geschichte. Von den Anfängen bis zur Gegenwart. Stuttgart: Alfred Kröner Verlag [4]1983, S. 60.

sich das Christentum allmählich auf ostslawischem Gebiet auszubreiten begonnen. Zahlreiche orthodoxe Mönche waren während des Bilderstreits (Ikonoklasmus) in Byzanz vor den offiziellen Verfolgungen nach Taurien und auf die Krim geflüchtet. Sie brachten die Verehrung der Ikone nach Rußland.

Ihre besondere Bedeutung seit früher Zeit und ihr kirchlich-dogmatischer Charakter zeigt sich in dem im 12./13. Jahrhundert entwickelten Ikonostas, der Bilderwand, die den Altarraum vom Gemeinderaum trennt. Auf ihm sind die Ikonen in einem Kompositionsschema festgelegt, das den der Bibel unkundigen Gläubigen das Heilsgeschehen bildlich erzählt und eine gemeinsame Sprache zwischen Gemeinde und Klerus schafft. Das theologische Bildprogramm schrieb als die zentrale Bildgruppe über der Königspforte die Deesis vor: Johannes der Täufer und die Mutter Gottes in Anbetung des thronenden Christus. Flankiert werden sie zu beiden Seiten von den Erzengeln Gabriel und Michael, den Aposteln Petrus und Paulus, von den Liturgen der Ostkirche, Johannes Chrysostomos und Basilius dem Großen, sowie anderen Heiligen. Über dem Rang der Deesis finden sich die wichtigsten Stationen aus dem Leben, Sterben und der Auferstehung Christi und der Gottesmutter dargestellt, die mit den zwölf hohen Feiertagen des orthodoxen Kirchenjahrs übereinstimmen. Die Mitte des obersten Ranges bildet die Dreieinigkeit, umgeben von den Vorvätern Christi.

Auch gab es schon früh die »schöne Ecke« in Privathäusern, in der Ikonen aufgestellt wurden, vor denen täglich, an Familienfesten und vor Reisen die Andacht ausgeübt wurde. Ikonen begleiteten die Reisenden auch auf ihrem Weg.

Der unumstrittenen zentralen Stellung der Ikone in der orthodoxen Kirche waren jedoch grausame Kämpfe vorausgegangen. Zu Beginn des 8. Jahrhunderts war in

Byzanz der Bilderstreit offen ausgebrochen, als Kaiser Leon III. (717-741) im Jahre 726 öffentlich die Verehrung von Bildern verbot und sich die Bilderfeinde erneut auf der 754 einberufenen Synode behaupten konnten. Die Ablehnung der Bilder wurde mit dem mosaischen Gebot begründet: »Du sollst dir kein Bildnis noch irgendein Gleichnis machen, weder von dem, was oben im Himmel, noch von dem, was unten auf Erden, noch von dem, was im Wasser unter der Erde ist« (Moses 2,20). Doch hatte das Bild schon zuvor zwischen dem Judentum und seinen benachbarten Religionen zu Auseinandersetzungen geführt, während die bildliche Darstellung als die sinnliche Vergegenwärtigung des Übersinnlichen in den antiken orientalischen, griechischen und römischen Kultreligionen keine Polemik entfacht hatte. Und im frühen Christentum seit der ersten Hälfte des 3. Jahrhunderts finden sich Bilder in Gotteshäusern, die allerdings nicht verehrt, auch nicht in den liturgischen Ablauf miteinbezogen waren. Mit Fresken zur Lebensgeschichte Christi ausgeschmückt waren die Synagoge und die christliche Hauskirche von Dura Europos (um 235).

Als sich schließlich im 5. und 6. Jahrhundert bildliche Darstellungen auf Pilgerandenken, auf Öllämpchen und Reliquienkästchen durchsetzten – wie überhaupt an religiösen Stätten –, da sah sich die Kirche gezwungen, das Bild als das Abbild des himmlischen Urbildes theologisch zu begründen und seine ästhetische Ausführung zu bestimmen.

Die mystischen Schriften, die gegen Ende des 5. Jahrhunderts entstanden sind und den Namen des Dionysios Areopagitos (Apostelgeschichte 17,34) tragen, wurden zu einer der wichtigen Grundlagen der orthodoxen Ikonenmalerei. Dem unbekannten Syrer, der das Verhältnis zwischen dem intelligiblen und sinnlichen Kosmos auslegte, gelang es, durch ein höchst kompliziertes Zeichen- und

Symbolsystem, durch Analogien die diesseitige Welt auf die jenseitige zurückzuführen. Wichtig wurde seine Farbensymbolik, in der er jeder Farbe eine geistliche und sittliche Aussage aufgrund ihrer himmlischen Urbilder zuordnete.

Begleitet von Bilderverbrennungen, grausamen Verfolgungen und der Einkerkerung von Bilderfreunden, wechselten sich seit 754 in kurzen Abständen die Beschlüsse zugunsten des Bilderverbots oder ihrer Verehrung ab. Erst nach dem Tod des Kaisers Theophilos (829-842) wurde 843 mit dem großen »Fest der Orthodoxie« am ersten Fastensonntag die Wiederherstellung der geistlichen Verehrung des Bildes gefeiert. Von nun an galt wieder die theologische Definition für das Verhältnis des Abbildes zu seinem Urbild, das unter Berufung auf Johannes von Damaskus (um 675-749) auf dem 7. Ökumenischen Konzil zu Nicaea (787) formuliert worden war: *»Obgleich die katholische Kirche Christus durch die Malerei in menschlicher Gestalt darstellt, trennt sie seinen Leib nicht von der mit ihm vereinten Gottheit: im Gegenteil, sie glaubt, daß der Leib vergottet ist und bekennt ihn als eins mit der Gottheit. (. . .) Sie erklärt also nicht den Leib des Herrn als unvergottet. So, wie man einen Menschen, den man durch die Malerei darstellt, dadurch nicht unbeseelt macht, sondern im Gegenteil der dargestellte Mensch beseelt bleibt, und das Bild sein Abbild heißt, weil es ihm ähnlich ist, so bekennen wir, wenn wir eine Ikone machen, den Leib des Herrn als vergottete und sehen in der Ikone nichts anderes als ein Bild, das die Ähnlichkeit des Urbilds wiedergibt. Deshalb erhält auch die Ikone den Namen des Herrn. Denn nur dadurch ist sie in Verbindung mit ihm, und eben deshalb ist sie verehrungswürdig.«**

* Vgl. Paul Mikat, Zur Theologie der Ikone, in: Erste Studien-Sammlung. Recklinghausen: Verlag Aurel Bongers 1965, S. 90. (Beiträge zur Kunst des christlichen Ostens. Band 3)

Mit der Menschwerdung Christi ließ sich die Ikone theologisch begründen, denn Christus war nun als Mensch darstellbar und nicht als Gott. Und das Bild (eikon) stellte nur eine Analogie zwischen der Gottnatur und der Menschnatur her, die ihrem Wesen nach grundverschieden sind. Das Abbild Christi, der Heiligen ist nur ein Abdruck der himmlischen Urbilder.

Das nicht von Menschenhand gemachte Bild, die Christusikone, versinnbildlicht die Vorstellung von dieser Analogie, die die Grundverschiedenheit zwischen dem materialisierten Abbild und dem Urbild nicht aufzuheben vermag. Auf der Ikone ist das Haupt Christi auf dem Mandylion abgebildet, auf jenem Tuch, in das Christus der altkirchlichen Legende (nach 750) nach sein Gesicht eingedrückt hat, wobei auf wunderbare Weise dieses *Nicht von Menschenhand gemachte Bild* erhalten geblieben ist. Es ist ein Abbild, das Christus von sich selbst gemacht hat. Wie auch andere Ikonen, die durch Wunder entstehen konnten und Wunder vollbringen können, bildet jenes Christus-Bild einen Archetypus und eine Typologie des Abbildes, von der die Maler nicht abweichen konnten, ohne gegen das theologische Dogma zu verstoßen. Deshalb durften weder Phantasie noch individuelle Deutungen die Symbolik, die Figurendarstellung und die Komposition verfremden.

Schon im frühen Mittelalter hatten sich in Rußland Zentren der Ikonenmalerei gebildet, in Kiew, Jaroslawl, Wladimir, Susdal und Nowgorod, deren Ikonen trotz aller Reglements der Bildinhalte und Malpraktiken, die in Rußland schließlich seit dem 16. Jahrhundert in Malerbüchern aufgezeichnet wurden, stilistische Unterschiede aufweisen. Das heilige Handwerk wurde in den Klöstern von den »frömmsten« Mönchen ausgeübt, genannt die Ikonographen, die meist anonym blieben. Wie unbescholten die Lebensweise der Malermönche sein sollte, erzählt nicht nur die Legende *Vom Ikonenmaler Alimpij* (12. Jahrhundert), 1551 bestätigte die Hundertkapitelsynode noch einmal ausdrücklich für die Laienmaler die sittlichen Grundsätze: *»Es geziemt dem Maler, friedlich, demütig und fromm zu sein. Kein Schwätzer und Spaßmacher soll er sein, noch streitsüchtig und gehässig, auch darf er kein Trinker oder Fresser oder gar Totschläger sein. Vielmehr hat er zu seinem Heile seelische und körperliche Reinheit zu wahren und unverheiratet und rein zu bleiben. Er hat seinen Beichtvater zu befragen und nach dessen Belehrung bei Fasten und Gebet und in Enthaltsamkeit und Demut ohne jede Ungehörigkeit und Schande zu leben und mit großem Eifer und Hingabe die Abbilder unseres Herrn Jesus Christus und seiner allerreinsten Gottesmutter, der heiligen Propheten und Apostel, der heiligen Märtyrer und seligen Frauen und der hohen Priester und seligen Väter darzustellen. (...) Und wenn die jetzigen Meister geloben, so zu leben und alle diese Lehren zu beherzigen und in frommen Werken eifrig sind, so wird der Zar ihnen gnädig sein, und auch die Bischöfe werden für sie sorgen und sie mehr ehren als gewöhnliche Menschen.«* *

Seit dem 14. Jahrhundert lösten sich schließlich einzelne Künstler aus der Anonymität: Feofan Grek (etwa 1330-1410), dessen Ikonen durch die expressive Kunstgestaltung auffallen, Andrej Rubljow (etwa 1370-1430), der die Bildinhalte vergeistigte und verinnerlichte, und Simon Uschakow (1626-1686), dessen Versuche, neue Wege in der Malerei zu finden, der Protopope Awwakum in seiner Unterweisung *Über die Ikonenmalerei* (zwischen 1673 und 1675) als häretische Abweichung vom altrussischen Kanon brandmarkte. Schon unter Zar Peter I. (1682-1725) wurde die Ikonenmalerei offiziell von der

* Wladimir Lindenberg, Die heilige Ikone. Vom Wesen christlicher Urbilder im alten Rußland. Mit einem Beitrag von Wolfgang Kasack. Bilderläuterungen von Johannes Lenz. Stuttgart: Urachhaus 1987, S. 57.

weltlichen Malerei getrennt, doch führten Malerdörfer in Zentralrußland die alte Kunst fort, bis sie schließlich in manufakturähnlichen und privaten Werkstätten hergestellt wurde.

Doch zeigten sich seit dem 16. Jahrhundert Tendenzen, die religiöse Kunst, wie es in der westeuropäischen schon seit längerem der Fall war, ästhetisch abzuwandeln. War die Ikone bis dahin von dem Prinzip beherrscht worden, zu abstrahieren, um dem Gedanken zu entsprechen, das Übersinnliche in seiner bildlichen Vergegenwärtigung aufscheinen zu lassen, so deutete sich nun, wenn auch zögernd, der Versuch an, die religiösen Bildinhalte zu ›verweltlichen‹. Anstelle der abstrahierenden Malweise begann sich ein wirklichkeitsabbildender und naturalistischer Illusionismus durchzusetzen. Dabei wurde das gestaltende Prinzip der »umgekehrten«* Perspektive zugunsten der Zentralperspektive verändert. Jene will keine Tiefenwirkung erzielen und betont die zentralen Aussagen des Bildes, weshalb sie die Darstellung zeitlich und räumlich unterschiedlicher Ereignisse universal in eine bildliche Vorstellung umsetzt und die wichtigsten Figuren stets frontal und unabhängig von ihrem Standort im Bild überproportioniert malt.

Ebensowenig kannte die »umgekehrte« Perspektivik das effektvolle Spiel mit der Farbenperspektivik. Das Licht in den Ikonen, das durch den Goldgrund verstärkt wird, geht von den Figuren aus, die es gleichsam zum Betenden senden. Schattenwirkungen und Farbnuancierungen, die die Illusion des Außenlichteinfalls entstehen lassen sollen, sind ihr fremd.

Um die Mitte des 17. Jahrhunderts brachen in Rußland vehemente Kontroversen zwischen den Anhängern der mittelalterlichen Traditionen und den Reformatoren aus, die begleitet waren von heftigen Volksunruhen und Bauern-

* Vgl. Konrad Onasch, Stichwort: Perspektive, in: Liturgie und Kunst in der Ostkirche in Stichworten. Leipzig: Koehler & Amelang 1981, S. 304 f.

aufständen. Auch bildeten die Auseinandersetzungen wegen der Reformverordnungen durch die Kirche, die der Patriarch Nikon (1605-1681) seit 1653 erfolgreich durchsetzte, den Anfang des russischen Bilderstreits. Die kirchlichen Reformen und die Verweltlichung der Ikonen beantworteten ihre entschiedensten Gegner mit dem »Austritt« (Florenskij) aus der Gesellschaft. Es waren die Altgläubigen, die von der Patriarchatskirche abschätzig Sektierer (Raskolniki) genannt wurden.

Schon 1685 erging ein staatlicher Ukas, der den Anhängern des Altgläubigentums, da sie staatsfeindliche Überzeugungen hätten, schwerste Strafen androhte: Peitschenhiebe, Folterungen und den Feuertod. Katharina II. (1762-1796) machte den staatlichen Verfolgungen ein Ende, doch Nikolaj I. (1825-1855) verschärfte erneut die Lage der Altgläubigen: Sie wurden verfolgt, ihre Klöster und Niederlassungen geschlossen, nicht selten zerstört und Ikonen und Kirchenbücher beschlagnahmt. Öffentliche Ämter blieben ihnen versagt, ebenso Auszeichnungen und Ehrentitel. Die Ächtung der Altgläubigen sollte bis zum 20. Jahrhundert andauern.

Einer ihrer unerbittlichsten Apologeten war der Erzpriester Awwakum (1621-1682), der in seinen Predigten und in seiner Lebensbeschreibung das Volk aufwiegelte und ermahnte, sich den liturgischen Reformen zu widersetzen und die westlich inspirierten Ikonen abzulehnen. Zwölf Jahre hatte Awwakum als einfacher Priester in der Provinz gearbeitet, da er aber wegen seiner den Sittenverfall anklagenden Predigten nicht nur der lokalen Obrigkeit mißfiel, auch seiner Gemeinde, wurde er 1653 an eine Moskauer Kirche strafversetzt. Nur kurze Zeit arbeitete er in der Bücherrevisionskammer als Mitarbeiter des Patriarchen Nikon, den er etwa 20 Jahre später in seiner 4. Unterweisung *Über die Ikonenmalerei* als Hund und Feind abkanzelte. Alsbald entdeckte Awwakum, daß die von Nikon verfolgten und vom

Zaren Alexej (1645-1676) gebilligten Reformen die altrussischen Traditionen bedrohten. Von nun an schonte er weder sein noch der Familie Leben, und seine agitatorischen Predigten wurden mit Verbannung geahndet. Zwar durfte er 1662 wieder nach Moskau zurückkehren und wurde dort vom Zaren mit Ehrenbezeigungen empfangen, doch sollte dessen Gnade nur ein Jahr währen; 1666 wurde Awwakum erneut anläßlich des Kirchenkonzils, das sich mit dem Problem des Schismas zwischen den Altgläubigen und den Reformatoren auseinandersetzte, nach Moskau berufen. Da er sich jedoch unversöhnlich gegenüber den kirchlichen Autoritäten zeigte, wurde er exkommuniziert, lebenslänglich verbannt und in einem Erdgefängnis festgehalten.

Dennoch setzte er seinen Kampf fort, und seine Schriften fanden handschriftlich weite Verbreitung unter dem niedrigen Klerus, dem einfachen Volk und den kleinen Kaufleuten. Sie verstanden seine plastisch geschriebene Autobiographie *Das Leben des Erzpopen Awwakum* (um 1672), in der er in einer ihnen verständlichen Sprache die Abweichungen vom altrussischen Kirchenritus schmähte: *»Hüte dich, Ketzer, nicht nur das Opfer Christi und das Kreuz irrig auszulegen, sondern auch das Altartuch anzutasten. Statt dessen haben sie aber mit dem Teufel ersonnen, die Bücher umzudrucken, alles zu ändern; das Kreuz auf den Kirchen und auf den Kommunionsbroten zu ändern, die Priestergebete innerhalb des Altarraumes abzuschaffen, die Litaneien abgewandelt. Bei der Taufe lassen sie jetzt schon ganz offen den bösen Geist anbeten – ich möchte ihnen und ihm die Augen vollspucken – und beim Gang ums Taufbecken führt sie der Böse dem Sonnenlauf zuwider, und bei der Kirchweihe auch der Sonne zuwider, und bei der Trauung wird auch der Sonne zuwider geführt!«**

* Das Leben des Erzpopen Awwakum. Ins Deutsche übertragen von Elisabeth Kottmeier, in: Aus dem alten Rußland. Epen, Chroniken und Geschichten, hg. v. Serge A. Zenkovsky, München. Carl Hanser Verlag, 1963, S. 470.

Zehn Jahre später wurde er nach 15 Jahren Verbannung im äußersten Norden Rußlands, in Pustosersk am Unterlauf der Petschora, am 14. April 1682 als Ketzer auf dem Scheiterhaufen verbrannt.

Die Altgläubigen kämpften gegen die Textrevision der Meßbücher, gegen die Aussprache »Iisus« statt »Isus«, denn der Name ist die Verbindung des Abbildes mit dem Urbild. Sie leisteten Widerstand gegen die Prozessionen nach Sonnenaufgang statt wie üblich mit dem Lauf der Sonne und vor allem gegen das Drei- und Fünffingerkreuzzeichen anstelle des Zweifingerkreuzzeichens, das sich auf den alten Ikonen fand. Die Abwandlung, die bewirkte, daß auf vielen Ikonen das Zweifingerkreuz übermalt wurde, war von dem Erzpriester Nikolaus Malax aus Nauplia in der ersten Hälfte des 16. Jahrhunderts in einer Schrift zur Fingerhaltung bestimmt worden. *»Die Finger des segnenden Priesters (sollen) so zusammengelegt werden, daß sie die Buchstaben IC für Jesus und XC für Christus nachahmten.«** Für Awwakum war diese gespreizt gemalte Hand das Zeichen des Antichristen.

Doch hatten die liturgischen Reformen des Patriarchen Nikon nicht die geistlichen Grundsätze der Ikonenmalerei berührt. Vielmehr bekämpfte der Patriarch und Widersacher Awwakums die Modernisierung der Ikonen. Dennoch bezichtigte ihn der altgläubige Priester in seiner Unterweisung *Über die Ikonenmalerei*, die häretischen Abweichungen von den altrussischen Glaubenssätzen gefördert zu haben. Der Fanatiker Awwakum verurteilte Nikon für eine Tat, die dieser zu verhindern suchte und um derentwillen er vom Volk bekämpft wurde. Denn 1654 hatte der Patriarch veranlaßt, alle westlich beeinflußten Ikonen in

* Peter Hauptmann, Das russische Altgläubigentum und die Ikonenmalerei, in: Erste Studien-Sammlung. Recklinghausen: Verlag Aurel Bongers 1965, S. 19. (Beiträge zur Kunst des christlichen Ostens. Band 3)

den Privathäusern zu beschlagnahmen, und er drohte am Sonntag, den 4. März 1654, nachdem er vor der Gemeinde die orthodoxen Grundsätze der Ikonenmalerei entsprechend der Hundertkapitelsynode von 1551 bestätigt und erklärt hatte, jeden mit dem Kirchenbann zu belegen, der Ikonen im ausländischen Stil anfertige oder besitze. Das Volk, das zwischen den verschiedenen Stilen nicht zu unterscheiden wußte, mißdeutete Nikons Appell als grundsätzliche Verachtung der heiligen Bilder, und als 1655 die Pest in Moskau ausbrach und im August des gleichen Jahres eine Sonnenfinsternis eintrat, da entfachte der Unwillen eine Volkserhebung.

Für die Altgläubigen blieb der Bilderstreit über die Jahrhunderte hinweg aktuell. Ihre Maler hielten sich streng an die Anleitung der Malerbücher und tradierten die frühen Ikonen. Die klösterlichen Gemeinschaften, wie auch altgläubige Kaufleute, sammelten die altrussischen Heiligenbilder. Doch wurde der ideelle Wert dieser Sammlungen erst seit der Mitte des 19. Jahrhunderts erkannt.

Um 1850 erschienen die ersten kunsthistorischen Arbeiten zur Ikonenmalerei und ihren verschiedenen Schulen von Wissenschaftlern wie I. P. Sacharow, D. A. Rowinski und F. I. Buslajew. Man versuchte, das Bewußtsein dafür zu wecken, daß diese verlorene Kunst ein authentischer Bestandteil des russischen Geistes- und Kulturlebens sei und die Ikone keine Randexistenz in der Kunstgeschichte führe. Noch Rainer Maria Rilke betrachtete die Ikone vorderhand als ein Kultbild, das »zu den Kirchengeräten wie irgend ein goldenes Gefäß oder ein altes Gebet« gehöre, jedoch kein künstlerisches Bild sei, obschon es im geistigen Leben Rußlands eine bedeutende Stelle innehabe. »Gewiß, das Ikon mit seiner Starrheit und seiner byzantinischen Abkunft ist kein Kunstwerk; aber es ist ein wichtiges Dokument der russischen Seele und einer von den Wegen, auf denen sie sich von ferne der Kunst nähert.«*

Nikolai Leskow (1835-1895) war einer der ersten russischen Schriftsteller, der sich bemühte, durch seine publizistischen und fiktionalen Schriften die traditionelle Ikone zu rehabilitieren und sie aus dem Dunkel der Bauernkaten und Dorfkirchen hervorzuholen. Er wollte die Beziehung der Gesellschaft und der Kirche gegenüber der Rußland authentischen Malweise verändern. War er doch davon überzeugt, daß die Gleichgültigkeit gegenüber der Ikone und die Geringschätzung ihrer religiösen Aussagen ein weiteres Zeichen für die Entfremdung der institutionalisierten Kirche von ihren geistigen Traditionen und für die Spaltung der russischen Gesellschaft in ein nationales und in ein von Westeuropa geprägtes Kulturdenken sei, was auch die Aufteilung der Malerei in zwei Gattungen ausdrücke: in die Ikonenmalerei und die Genremalerei. Die erste war mit dem Siegel versehen, Kunst des Volkes und Kunst für das Volk zu sein, während der Adel seit dem 17. Jahrhundert jene religiösen Gemälde bevorzugte, die von westeuropäischen Malern stammten oder von deren Maltechniken inspiriert waren. So verhehlte K. P. Pobedonoscev (1827-1907), Erzieher des Zaren Nikolaj II. und von 1889 bis 1905 Oberprokurator der Heiligen Synode, nicht seine Vorliebe für die Düsseldorfer Nazarener. Er ließ von ihren Bildern Kunstdrucke besorgen und schickte sie als Vorlagen in die Klöster.

In der Verfremdung der Heiligenbilder offenbarte sich für Leskow die seit der nachnikonianischen Periode problematisch gewordene Einheit zwischen dem religiösen Denken und der Kunst. Diese wurde individualisiert und illusionistisch angereichert, die Heiligen nicht mehr aske-

* Rainer Maria Rilke, Moderne russische Kunstbestrebungen (1902), in: Sämtliche Werke. Werkausgabe in zwölf Bänden, Frankfurt am Main: Insel Verlag 1976, Band 10, S. 619 und 620.

tisch dargestellt, sondern von zufälligen Leidenschaften verzerrt.

Es ist daher kein Zufall, daß Leskow in seinem *Versiegelten Engel* (1873) das fiktionale Geschehen aus der Perspektive der Altgläubigen darstellt, denn ihre Ikonenmaler hatten ja das Geheimnis der alten Meister bewahrt und tradiert. Und bekannt ist, daß er die Erzählung in dem »heißen und stickigen Atelier« (Leskow) des altgläubigen Ikonenmalers Nikita S. Ratschejskow geschrieben hat. Erstaunlich sind die zu seiner Zeit meist unbekannten Detailkenntnisse, mit denen Leskow die technischen Vorbereitungen und Feinarbeiten der Engelsikone schildert. Die Erzählung könnte als Lehrdichtung zu der handwerklichen Verfertigung der Ikone und ihrer Geschichte gelesen werden, wenn die religiöse und poetische Erzählebene nicht den Rahmen bildete. Die Erzählung soll jene kathartische Wirkung beim Leser hervorrufen, die der fiktive Erzähler bei den zufällig zusammengekommenen Herbergsgästen erzielen will. Kniend berichtet er den Zuhörern das Wunder, das ihm und seinem altgläubigen Artel widerfahren ist: »Ich will Sie nicht beengen, zudem ist es durchaus angebracht, das, was ich Ihnen erzählen will, kniend vorzutragen, denn es ist eine heilige und sogar ein wenig unheimliche Geschichte.« (S. 43) Er erzählt in Gebetshaltung, um sich von den Versammelten zu distanzieren und durch seine meditative Sammlung das vergangene Ereignis geistig und emotional gegenwärtig werden zu lassen, damit dessen Heiligkeit und Furchtbarkeit die Fremden auch ergreife.

Leskow verbindet in seiner Erzählung nicht allein historisches Wissen mit Fiktionalität, sondern vereint in ihr, was die russische Gesellschaft spaltete. Die einem Wunder gleichende Entsiegelung der Ikone des Erzengels Michail, dessen Antlitz von einem Vertreter der Behörden mit glühendem Harz gebrandmarkt worden war, führt die

Altgläubigen in die Kirche zurück, diejenigen Gläubigen, die das Wissen um die geistigen und künstlerischen Voraussetzungen der Ikone in ihre Lebenspraxis ebenso tätig integrieren, wie diese von ihrem religiösen Denken bestimmt ist. Sein Erzählschluß ist eine Utopie geblieben, geweckt wurde jedoch die Erkenntnis, daß die Ikone die geoffenbarte Wahrheit des Göttlichen ist.

Köln, im Juli 1988

Quellenverzeichnis

Legende zur: Nicht von Menschenhand gemachten Christusikone
Aus: Ernst von Dobschütz, Christusbilder. Untersuchungen zur christlichen Legende, J. C. Hinrichs'sche Buchhandlung, Leipzig 1899 (Texte und Untersuchungen zur Geschichte der altchristlichen Literatur. Archiv für die von der Kirchenväter-Commission der Kgl. Preußischen Akademie der Wissenschaften unternommene Ausgabe der älteren christlichen Schriftsteller, hg. v. Oscar von Gebhardt und Adolf Harnack, Neue Folge, Band 3).

Die Taufe Wladímirs des Heiligen und des Volkes von Kiew
Aus dem Russischen von Ludolf Müller. In: Ludolf Müller, Helden und Heilige aus russischer Frühzeit. Dreißig Erzählungen aus der altrussischen Nestorchronik, © copyright 1984 by Erich Wewel Verlag.

Vom Ikonenmaler Alimpij
Aus dem Russischen von D. Tschizewskij. In: Russische Heiligenlegenden, hg. v. Ernst Benz. Zürich 2. Auflage 1983. Copyright © 1953 by Verlag Die Waage Zürich.

Awwakum, Vierte Unterweisung: Über die Ikonenmalerei
Aus dem Russischen von Angela Martini-Wonde. In: Žitie protopopa Avvakuma im samim napisannoe i drugie ego sočinenija, hg. v. N. K. Gudzij u. a., Moskau 1960.

Nikolai Leskow, Der versiegelte Engel
Aus dem Russischen von Hartmut Herboth. In: Der Versiegelte Engel. © 1985 Rütten & Loening, Berlin/DDR.

Zu den Abbildungen

Umschlagbild: Engel
12. Jahrhundert, Nowgorod. Staatliches Russisches Museum, Leningrad

Seite 12: Der nicht von Menschenhand gemalte Erlöser
12. Jahrhundert, Nowgorod. Staatliche Tretjakow-Galerie, Moskau.

Seite 20: Boris und Gleb
Ende des 13. Jahrhunderts, Moskauer Schule. Staatliches Russisches Museum, Leningrad.

Seite 28: Gottesmutter von Vladimir
11. bis 12. Jahrhundert byzantinisch oder 13. Jahrhundert russisch. Staatliche Tretjakow-Galerie, Moskau.

Seite 36: Christus Immanuel
Mitte 17. Jahrhundert, Simon Uschakow (1626-1686). Staatliches Museum des Nowodewitschi-Klosters, Moskau.

Seite 40: Nikolaus
12. Jahrhundert, Nowgoroder Schule. Staatliche Tretjakow-Galerie, Moskau.

Seite 48: Gottesmutter vom Don
Ende 14. Jahrhundert, Feofan Grek (etwa 1330-1410). Staatliche Tretjakow-Galerie, Moskau.

Seite 65: Erlöser, um 1409
Andrej Rubljow (etwa 1370-1430). Staatliche Tretjakow-Galerie, Moskau.

Seite 72: Kampf der Susdaler mit den Nowgorodern
15. Jahrhundert, Nowgoroder Schule. Staatliches Kunsthistorisches Museum, Nowgorod.

Seite 85: Dreieinigkeit, 1411
Andrej Rubljow (etwa 1370-1430). Staatliche Tretjakow-Galerie, Moskau.

Seite 92: Fürst Skopin-Schujski
17. Jahrhundert, Moskauer Schule. Staatliche Tretjakow-Galerie, Moskau.

Seite 96: Geburt Christi
15. Jahrhundert, Nowgorod. Sammlung Korin, Moskau.
Seite 113: Abendmahl
15. Jahrhundert, Nowgoroder Schule. Staatliches Museum für russische Kunst, Kiew.
Seite 120: Kreuzabnahme
15. Jahrhundert, nordrussische Schule (?). Staatliche Tretjakow-Galerie, Moskau.
Seite 128: Entschlafen der Gottesmutter
15. Jahrhundert, Schule von Twer. Staatliche Tretjakow-Galerie, Moskau.

Inhalt

Legende zur: Nicht von Menschenhand gemachten Christusikone
9

Die Taufe Wladímirs des Heiligen und des Volkes von Kiew
15

Vom Ikonenmaler Alimpij
23

Awwakum, Vierte Unterweisung: Über die Ikonenmalerei
33

Nikolai Leskow, Der versiegelte Engel
39

Nachwort
139

Quellenverzeichnis
153

Zu den Abbildungen
154

Märchen und Sagen im insel taschenbuch

Alexander N. Afanassew: Russische Volksmärchen. Übertragen von Werner von Grimm. Mit farbigen Illustrationen von Ivan Bilibin. it 1058

Hans Christian Andersen: Märchen. 3 Bände. Mit Illustrationen von Vilhelm Pedersen und Lorenz Frølich. Aus dem Dänischen von Eva-Maria Blühm. it 133

– Märchen meines Lebens ohne Dichtung. Ein Skizze. Mit Porträts des Dichters. Aus dem Dänischen von Michael Birkenbihl. it 356

Apuleius: Der goldene Esel. Mit Illustrationen von Max Klinger zu ›Amor und Psyche‹. Aus dem Lateinischen von August Rode. Mit einem Nachwort von Wilhelm Haupt. it 146

Arabische Märchen. Aus mündlicher Überlieferung gesammelt, übertragen und mit einem Nachwort, einem Namensverzeichnis und Worterklärungen versehen von Enno Littmann. it 779

Emmy Ball-Hennings: Märchen am Kamin. it 945

Ludwig Bechstein: Das Deutsche Märchenbuch. Mit Illustrationen von Ludwig Richter. it 1113

Ivan Bilibin/Alexander Puschkin/Elisabeth Borchers: Das Märchen vom herrlichen Falken und andere russische Märchen mit Illustrationen von Ivan Bilibin. Nacherzählt von Elisabeth Borchers. it 487

– Das Märchen vom Zaren Saltan. Das Märchen vom goldenen Hahn. Nacherzählt von Elisabeth Borchers. Mit Illustrationen von Ivan Bilibin. it 2002

– Wassilissa die Wunderschöne. Das Märchen vom herrlichen Falken. Und andere russische Märchen. Mit Illustrationen von Ivan Bilibin. Nacherzählt von Elisabeth Borchers. it 2020

– Wassilissa, die Wunderschöne und andere russische Märchen mit Illustrationen von Ivan Bilibin. Nacherzählt von Elisabeth Borchers. it 452

Born Judas. Altjüdische Legenden und Volkserzählungen. Aus dem Hebräischen von Rahel bin Gorion. Auswahl und Nachwort von Emanuel bin Gorion. it 529

Clemens Brentano: Gockel Hinkel Gackeleia. Märchen. Mit Initialen und Lithographien von Caspar Braun nach Entwürfen von Clemens Brentano. Mit einem Nachwort von Franz Deibel. it 47

– Italienische Märchen. Mit einem Nachwort von Maria Dessauer. it 695

– Rheinmärchen. In der von Guido Görres herausgegebenen Ausgabe von 1846. Mit Illustrationen von Edward Steinle. it 804

Deutsche Heldensagen. Nacherzählt von Gretel und Wolfgang Hecht. it 345

160/1/5.88